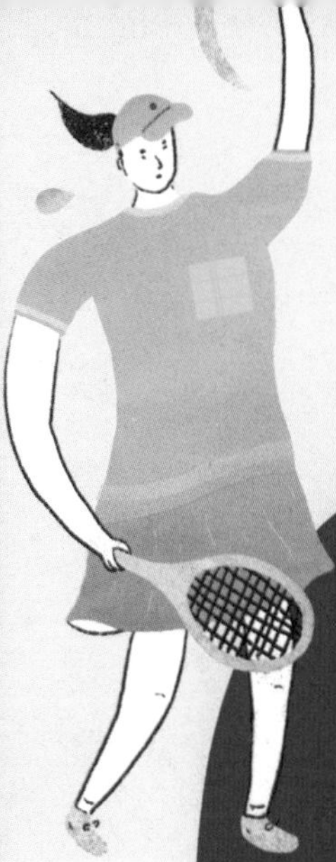

晨讀10分鐘

運動故事集

【中學生】

黃哲斌 選編
Nic徐世賢 繪圖

熱血青春夢

運動賽事的原型，咬牙奮鬥，
與自我搏鬥的核心精神。

失敗好朋友

除了贏，就是輸，有時一體兩面，
有時，失敗者更動人。

超越計分板

賽事周邊的社會映射，團隊同儕，歷史記憶，運動科學，產業與醫療。

界外三分球

運動競技外的背景故事，國家，族群，性別，榮譽，歷史，及種種壓力。

那些運動告訴我的事

黃哲斌

四、五千年前，古埃及人已建立強大的文明，他們在青少年時期就學習跑步、跳躍、摔跤的技巧，藉此讓身體柔軟而強壯。

三千年前，發跡於愛琴海邊的希臘文明更是如此，古希臘人追求體能與體態完美，摔跤、體操、跳舞、游泳是他們的日常活動。十二歲以上的男孩，都要接受跑步、跳躍、投擲標槍、鐵餅和角力等五項運動訓練，因而孕育了奧林匹克的競技文化。

西元前七百七十六年左右，第一次古代奧運會舉行時，競賽項目只有「短跑」一項，距離約一百九十二公尺，只能站著起跑，後來才逐漸加入中長跑、跳遠和投擲等項目，比賽宗旨是榮耀諸神。

時空穿越至今，奧運已是現代最重要的國際運動賽會，驅動因素不再是宗教信仰，而是融合人類體能挑戰、國際政治外交、商業運作與城市行銷的巨大體系。然而，諸如傳遞聖火與馬拉松長跑等古典象徵，仍舊被保存下來。

除了奧運核心的田徑項目，球類運動的普及性更高。足球是地表覆蓋最廣的單一運動，四年一度的世界盃足球賽，風靡程度足以與奧運匹敵。美式足球是上億美國球迷的狂熱賽事，每年年初的超級盃總冠軍賽，無論是中場表演或廣告創意，都是動見觀瞻的熱門話題。

棒球、籃球是橫跨各大洲的流行運動，也是臺灣最熱門的球類比賽；此外，桌球、羽球與網球都有不少擁護者。慢跑與單車最為平民化，甚至由競賽滲入休閒領域，撐起無數龐大產業，例如製鞋、特殊材質布料、單車研發製造，都是臺灣近年重要的經濟業種。

必須強調的是，運動（Sports）與體育（Physical Education）並非完全重疊的概念，體育是將體能訓練視為教育一環，運動則已超越教育範疇，演化出日常實踐、專業鍛鍊、職業比賽、國家或區域對抗等不同層次的意義。

在這些脈絡下，運動不再只是競技，也捲動為當代意涵最豐富的文明活動，以運動為核心，分別輻射出運動科學、醫療、建築、心理學、統計學、文學、電影創作、行銷經紀、媒體傳播等不同專業分支；若以社會科學來分析，也能研究粉絲現象、符號投射、種族、性別、國家政策、教育資源等議題。

有時，運動甚至成為「戰爭與和平」的象徵，二〇一八年初，北韓在核武危機中飽受國際制裁，為了釋出善意，平壤政府派出由金正恩胞妹率領的代表團，參加南韓的平昌冬奧；南韓除了補助北韓代表團的食宿開銷，也考慮兩韓合辦二〇二一年亞洲冬季運動會，就是近年明顯例證。

正因運動與人類文明有著千絲萬縷的連結，我們希望藉由這本書，彙集二十幾篇值得閱讀的文章，讓讀者深刻體會運動世界的魅力。全書主要分為四部分：「熱血青春夢」回歸運動比賽的原型，以大谷翔平、戴資穎、彭政閔、詹詠然等七篇運動員的真誠故事，萃取激動人心的力量。

「失敗好朋友」不從獎牌、獎盃或冠軍戒指出發，反而引介職業運動員如何看待挫折、處理挫折，如何在失敗中展現勇氣與堅毅，無論是林書豪、陽岱鋼或游泳名將費爾普斯，都是極佳的人生範本。

「超越計分板」離開比賽現場，掃描運動場外的產業現象、歷史文化，兼及校園體育現場的故事。「界外三分球」則往外發散，擴大到國家與性別等領域，以盧彥勳等人的奮鬥，提供另一種思考「臺灣之光」的面向。

最後，附錄整理了二十七部運動電影片單，有些來自臺灣，有些來自歐美，它們是讀者快速理解各項運動的簡便門。但願這些精采的文章與影片，能讓讀者一窺運動與生活的美好連結。

熱血青春夢

運動賽事的原型，咬牙奮鬥，
與自我搏鬥的核心精神。

引言／

因為特別難，所以特別棒

文／黃哲斌

當你跑步，膝蓋與腳踝必須承受三倍體重的重量；當你投出一只棒球，必須精準協調大腿、腰部、肩膀、上臂、前臂、手腕、手指的力量，球速才會破百飛出；當頂尖網球選手發球，時速可達二百四十公里；看似輕飄飄的羽球，殺球世界紀錄是每小時四百九十三公里，遠超過F1賽車的飆速。

每一項運動，幾乎都逸出我們日常生活的自然狀態，迫使我們血脈賁張、齜牙裂嘴、青筋暴露。棒球投手投完一場球，肩膀血管與肌腱經常輕微發炎、肌肉組織變形，甚至微血管爆裂，因此，職棒選手投完球有時立刻冰敷肩膀及手臂。

人類是體能受限的物種，後肢站立、直立運動，先天性限制了奔跑、投擲、跳躍等能力；文明進化又讓我們習於從事輕量活動，肌力、心肺耐力、柔軟度同步萎縮。只有從事體能運動之際，強迫自己脫離舒適的正常姿態，人類才會理解極限，忍受極限，超越極限。

因此，我們都愛運動場上的飛躍身影，那些付出無數汗水代價、不斷挑戰自我的夢想原型，那些純粹的青春肉身、背叛人體工學的膂臂弧線，他們咬牙忍受糖原耗盡的撞牆期、熬過肌纖維斷裂的修補再生，沒有那些錐心刺骨，就不可能更快、更高、更遠。

羽球球后戴資穎，從小練球就過著「沒有寒暑假」的日子；奧運舉重銅牌郭婞淳，傷後復出曾連續練習七小時，才打破一百公斤的撞牆期；極限運動員陳彥博第一次極地長征，就遭遇北極熊攻擊，然後在零下四十九度雪地失溫又脫水。

他們不只克服體能障礙，心理韌性更是運動員的必修課程。陳彥博在極地絕境中，真切領略大自然的聲音，既讓他敬畏，也引領他探索生命源頭與原始感動；詹詠然十歲時剛嶄露頭角，她的東勢老家就在九二一地震中全毀，必須平撫驚恐與傷痛，跟隨父母舉家北上重新開始；「恰恰」彭政閔因手掌受傷及家庭經濟壓力，放棄美國職棒夢想及保送升學之路，卻在臺灣職棒打出一片天，成為黃衫軍明星、國家隊第四棒。

運動是體力、耐力、智力、意志力的總體活動，也是自我探索的最佳時刻，讓人在自我折磨與享受欣快之間，與自己的身心靈對話。持之以恆的運動，總是特別艱難，必須克服惰性、克服體能與意志力的極限，正因如此，運動員的熱血故事，總是特別振奮人心。

投打雙全
二刀流的
養成之路
大谷翔平

文／林欣靜
二〇一八年四月
照片由美聯社提供

「怪物」、「外星人」、「二刀流少年」、「貝比．魯斯二世」……這些滿溢著驚奇讚嘆的綽號，統統指向同一個人——那是甫在二〇一八年美國大聯盟球季初登板，卻已創下多項驚人紀錄的洛杉磯天使隊日籍投手大谷翔平。

不管你平常看不看棒球，在二〇一八年的球季，你一定會無可避免的經常聽到「大谷翔平」這個名字。為什麼大谷翔平能在一夕之間「洗版」呢？原因很簡單，大谷翔平是繼近百年前大聯盟史上最知名的球星——貝比．魯斯（George Herman "Babe" Ruth, Jr.）之後，首見投打俱優的「二刀流」，更在短短幾天內，創下許多球員終其一生不可得的紀錄。

首先，剛踏上大聯盟戰場時，連續三場大谷翔平都轟出漂亮的全壘打。而站到投手丘時，他又會搖身一變成為操控「惡魔指叉球」出神入化的王牌投手，不但在初登板的前兩場賽事中就三振十八名打者，漂亮拿下勝投；第三場擔任先發的比賽中，更演出六點一局「完全比賽」和「無安打比賽」。

養成心法一：家學淵源的啟蒙

大谷翔平光芒萬丈的「二刀流」，其實是從小養成的。他的父母——大谷徹和大谷加代子，分別曾是日本社會人球隊的外野手與羽球選手。也因此，大谷翔平先天就有優於一般人的運動基因。

身為家中老么的大谷翔平，小時候就是個活潑、意志力堅定的孩子。小學二年級，他參加地方上的硬式棒球隊，從此開啟對棒球的興趣。升上國中後，他對棒球的熱愛與日俱增，於是加入了鄰近城鎮的「一關少棒隊」。

父親大谷徹則順理成章成為一關少棒隊的監督。他特別重視投打姿勢的正確性——每當翔平擔任投手，他一定要求兒子務必將「手指頭確實握在球的縫線上來投球」；而擔任打擊手時，則必須掌握球棒中心來擊球，同時也要學會左右開弓的技巧。

另外，大谷徹總是不斷提醒兒子：就算比賽結果不盡人意，也不能拿球具來出氣，因為此舉只會影響團隊的士氣，對自我實力的提升毫無助益。

養成心法二：九宮格目標達成法

在父親的嚴格訓練下，二〇一〇年，大谷翔平如願進入棒球強校花卷東高校。當時日本的王牌左投——菊池雄星，就是大谷翔平矢志追隨的偶像。

曾創下「日本最快球速一六三公里」的菊池雄星，同樣畢業於花卷東高校。他在高中時就曾被球探評為「可在大聯盟登板的投手」，在二〇〇九年選秀會上，更一連獲得日本職棒六球團同時指名。

不過，志氣更遠大的大谷翔平，顯然不以菊池的成就為滿足，他早在高一時，就雄心萬丈的訂下了「超越菊池的八球團指名」目標。一個十六歲的少年，該怎麼實現這個看似天方夜譚的夢想呢？

這時就不得不提大谷翔平以「九宮格」為基底寫下的「目標達成表」。

此表中央列著他高中畢業前的終極目標——成為「八球團的第一指名」。環繞這個終極目標的角落，則是鍛鍊體格、控球、球勁、球速、變化球、運氣、人格、心理等八個次目標，涵蓋了頂尖球員必須具備的球技與人格特質。

身體的保養	攝取營養保健食品	頸前深蹲 90kg	改善內踏步	強化體幹	穩住身體重心	投出角度	由上往下擊球	加強手腕力量
柔軟度	鍛練體格	傳統深蹲130kg	穩住放球點	控球	消除不安	不過度使力	球勁	下半身主導
體力	身體可動範圍	吃飯早三碗晚七碗	強化下盤	用全身而非手臂打擊	控制自己的心理	放球點往前	提升球的轉數	身體可動範圍
設定明確目標	保持平常心	冷靜的腦、炙熱的心	鍛鍊體格	控球	球勁	用身體軸心旋轉	強化下盤	增加體重
危機應變能力	心理層面	不受時勢影響	心理層面	8 球團第一指名	球速 160 km/h	強化體幹	球速 160 km/h	強化肩膀周圍肌肉
不掀起紛爭	對於勝利的執著	體諒夥伴	人品	運氣	變化球	身體可動範圍	傳接球練習時不遠投	增加球路
感性	為人所愛	計畫性	打招呼	撿垃圾	打掃房間	增加拿到好球數的球種	完成指叉球	滑球的球勁
為人著想	人品	感謝	珍惜球具	運氣	對裁判的態度	緩慢且有落差的曲球	變化球	針對左打者的決勝球
禮貌	為人所信任	毅力	正面思考	受人支持	讀書	保持與投直球時相同的姿勢	從好球區跑到壞球區的控球力	想像球的行進深度

翻譯／李佳霖　製表／林欣靜

例如他為了在球場中展現健全的心理素質，要求自己「設定明確目標」、「體諒夥伴」，且要有「冷靜的腦和炙熱的心」，還要「對勝利執著」。

在「運氣」這項，他的練習項目則是「珍惜球具」、「撿垃圾」、「對裁判的態度」及「讀書」，其中「珍惜球具」這項，顯然是受到父親從小要求的影響；要求自己必須要「讀書」，更是運動選手中少見的自我要求。

養成心法三：火腿鬥士隊傳說中的「大谷翔平育成方針」

後來，大谷翔平果然在高中時就投出媲美學長菊池雄星的球速。不過，相較於菊池後來選擇留在日本發展，大谷卻一心嚮往著大聯盟。然而在選秀會上，他仍然成為北海道日本火腿鬥士隊的第一指名。

火腿鬥士隊最後到底如何說服他呢？關鍵就在他們提出了一份多達三十頁的「大谷翔平育成方針」，文件中不但大量蒐集了與大谷同世代選手的資料，讓他很明確看到：「目前在大聯盟成績較穩定的日籍選手，全數都是在日本打過職棒的」，以及「高中畢業就赴美發展兩名韓國強投，最後都在小聯盟1A階段就打包回國」的事實。另外更提供他可以當極少見的「投打二刀流」的選項，還讓他繼承已赴美發展的王牌投手達比修有的「11」背號。

此舉果然成功打中大谷非常想成為「第一」的夙願，最後他終於點頭加盟。

在火腿鬥士隊的栽培下，大谷逐漸成為可以同時兼顧固定先發投球與常態性打擊的「二刀流」。二〇一六年，大谷投出了時速一六五公里的日本職棒最快球速紀錄、拿下超水準的十場勝投；打擊也再度進化，打出生涯新高單季二十二支全壘打，也幫助火腿隊贏得太平洋聯盟優勝與日本大賽冠軍。

大谷父母：只當投手很寂寞

身為兒子的啟蒙教練，大谷父母曾公開表示，他們其實不樂見「大谷投手」的稱號，才鼓勵他發展「二刀流」。父親大谷徹曾說：「一開始是覺得只擅長投球不行，但沒想到翔平的打擊能力與年俱增。」母親加代子更表示：「投手是很孤獨的。打擊手有其他八個夥伴，觀賽時比較輕鬆。」可見為人父母的心情。

身為大聯盟的亮眼新星，除了天賦外，大谷翔平的堅強意志、從不懈怠的努力，還有背後父母、教練、球團的訓練栽培，才是成就他的真正關鍵吧！

哲斌大叔的 ▶ 運動頻道

LIVE **SPORTS CHANNEL**

曾立下豪情壯志，希望日本職棒選秀「八隊第一指名」的大谷翔平，當他準備進軍美國大聯盟，更引發 30 支職棒球隊的搶人熱潮。在經紀公司要求下，有意延攬他的球隊，第一輪必須提出書面資料，詳述球隊培訓計畫、如何讓他投打雙棲、主場城市及球隊優勢。有些球隊除了靜態資料，更精心拍攝影片，放在一臺全新 iPad 裡，裱框做成一本假書。

通過第一輪書面資料審查，只有七支球隊有機會與大谷面談；最後，他才選擇西岸大城的天使隊，由此可見「大谷旋風」的熱度。

然而，大谷翔平的美國征途，並非一帆風順，2018 年春訓期間，他主投兩場，只撐了 2.2 局，被轟三發全壘打，自責分率是慘不忍睹的 27.00。打擊同樣悲慘，11 場只有四支一壘安打，打擊率 0.125，還低於一般投手水準；當時，部分媒體懷疑大谷無法適應美國職棒，甚至建議把他下放小聯盟鍛鍊。開季後，大谷翔平判若兩人，以自己的投打表現，粉碎了外界的質疑眼光。

搜尋關鍵字 大谷翔平，二刀流，貝比・魯斯

臺灣首位世界球后是怎麼練成的？戴資穎

文／盧沛樺

原刊載於《天下雜誌》六一九期，二〇一七年三月
照片由路透社提供

世界羽球球后戴資穎，拿下二〇一七年全英羽球公開賽冠軍，成為第一位在國際大賽中封后的臺灣選手。臉書上的她，透過直播和粉絲互動；但私底下的她，其實很怕成為鎂光燈的焦點。這位世界球后，是怎樣練成的？

倫敦時間二〇一七年三月十二日，早已是全球女子羽球排名第一的戴資穎，拿下全英羽球公開賽冠軍，再創臺灣選手紀錄。

臉書上的戴資穎，直播時會唱偶像林俊傑的歌、一邊吃糖果一邊和網友話家常。但現實生活裡，她像是獨行俠。母親胡蓉說，戴資穎生性喜歡平淡安靜，「她不參加喜宴，怕人家來找她拍照。」

只是她很難去選擇不成為新聞主角。二〇一六年里約奧運，無預警爆出戴資穎和中華羽球協會的矛盾。戴資穎大小腳，從小穿慣由國產羽球品牌勝利為她量身打造的鞋子，但羽協和日牌優乃克（Yonex）簽約，戴資穎出賽未穿優乃克的鞋子，羽協揚言懲處。

父親戴楠凱叫女兒專心練球，但雙方劍拔弩張，讓看似溫和的戴母打算豁出去到街頭靜坐，八十六歲的奶奶也急壞了，直說若要賠錢，乾脆賣掉古厝。全家人拚了命要替她維持一個單純、低調、能夠專心的淨土。

戴資穎有如女版卜派，從小力大過人。念幼稚園時，全班只有她爬單槓可以從頭抓到最後。教練賴建誠說，戴資穎力氣大，彌補她身高劣勢。國外媒體分析戴資穎的球風，則側重她完美的反手拍，「她的假動作令人驚嘆。」

戴資穎一步步從「臺灣史上最年輕的球后」爬上「臺灣史上首位世界球后」，父親是靈魂人物。國小三年級時決定打球，戴楠凱開始物色羽球專門學校，四年換兩所國小；國中出國比賽，球團希望戴資穎多報女雙、混雙，戴楠凱堅持只讓女兒專心打女單一項。臺灣羽壇少有選手專屬的教練與陪練員，但戴楠凱爭取協調再三，才讓賴建誠由陪練員轉為國訓中心教練。

戴資穎十六歲那年參加新加坡羽球超級賽，一路從會外賽打進總決賽。

戴資穎說過，那一場以後，她的世界排名開始上升。但一開始球隊教練竟叫她別報。「她原先是候補，會外賽也排不進。我跟教練說，如果現場沒補上，費用我自己出，當作讓小孩出國玩，」戴楠凱說。

戴楠凱不曾對女兒輸球說過重話。直到現在，戴資穎每場國外比賽，無論輸贏，都會收到爸爸內容大同小異的簡訊：「比賽有輸有贏才精采，先去換衣服，確實做好收操。」

怎麼撐過辛苦的練習？胡蓉笑說，她從來沒抱怨，只要週末不練球就好。不過十多年來的練球生涯，唯一為里約奧運破例。她主動要求在週末加練，沒想到竟在賽前受傷。「她在電話裡大哭，」胡蓉回想。

母親：我看她練球會捨不得

看似看淡比賽輸贏的戴資穎，卻對奧運一役難以釋懷。原來爸爸曾在她面前說希望她打奧運。二〇一六年底榮登世界球后，戴資穎透露，「從沒有想過當球后，就像參加奧運一樣也沒想過，打奧運是幫爸爸圓夢。」儘管戴楠凱急忙辯白說只是在親友面前開玩笑，總之乖巧的戴資穎聽進去了，因此賽前受傷才讓她那麼沮喪。

問到怎麼看外界給的「天才少女」封號，胡蓉說，女兒從小到大，只看過她一次練球，因為會捨不得，「教練一直餵球，你明明知道她兩隻腳已經跑不動，我看了都好想幫她跑。後來我去學校載她，都只在樓下等她。」

另一次是戴資穎上體育課，手腕受了重傷，無法練球。給醫生打了一針，才過三天，戴資穎興高采烈打電話報喜，「我可以打長球了。」爸爸急著在電話另一頭說，「慢慢來，別急。」

賴建誠也說他從不需要為戴資穎練球擔心，「職業選手都清楚自己要什麼，如果一個選手不會自我要求，要打好也不太容易。」

就像臭豆腐是公認的臺灣平民美食，卻嚇壞一票外國人；戴資穎一個臺灣囝仔，如今是世界好手不敢小覷的頭號勁敵。

哲斌大叔的 運動頻道

LIVE　　SPORTS CHANNEL

一般人熟知的戴資穎，是 2016 年就站上世界排名第一的「球后」；另一方面，戴資穎也是率直敢言、不怕衝撞體制的運動員，因而改變了臺灣的體育政策。

2016 年里約奧運期間，戴資穎拒絕穿上羽協贊助廠商的球鞋，遭羽球協會威脅懲處。由於職業選手必須尊重自己的長期贊助商，單項體育協會卻對無法配合的國手處以罰款或禁賽，此一陋習在戴資穎風波曝光後，引發眾多討論，加上女網謝淑薇的退賽事件，從而促成《國民體育法》的條文修訂，保障球員免於不合理懲處。

此外，2018 年 2 月，戴資穎也為隊友發聲，批評國家運動訓練中心（位於高雄市左營區，俗稱「左訓」）的羽球練習場地嚴重不足，有些場地甚至沒有球網、以膠帶黏貼白線，迫使相關單位重視練球場館的品質。

搜尋關鍵字　戴資穎球鞋事件，國民體育法，左訓中心

反方向的全壘打

彭政閔

文／李辰寬

原刊載於《Soul 運動誌》二〇一二年七月號

照片由天下資料庫提供

從小到大，彭政閔一直有著一股不服輸的硬脾氣，也正因如此，他總能克服難關。雖然早逝的李瑞麟教練無緣親眼見證這一幕，但他所預言的那顆星星，正以一種耀眼的姿態，在繁星的夜空中，綻放著獨特的光芒。

當然，你不可能忘記二〇〇三年札幌亞洲盃棒球錦標賽，以及高志綱十局下半兩出局滿壘時那支恰恰彈過韓國隊三壘手頭頂的再見安打，甚至連鄭昌明踏回本壘時握拳怒吼的英姿，你都還歷歷在目。不過你可能忘了，用安打將鄭昌明送至三壘的，是人們日後回憶這場經典比賽時鮮少提到的一個名字，彭政閔。

到了二〇〇七年亞錦賽，無論你是在臺中洲際現場、哪一座城市的直播派對、家裡的電視機或是電腦螢幕前，你一定都曾為陳金鋒的驚天一擊陷入瘋狂！到這裡你可能有點印象了，在六局下半那一發扭轉比數的兩分全壘打之前，率先以安打突破日本王牌投手達比修有、攻上一壘壘包的名字，依然，叫作彭政閔。

二〇〇八年北京奧運是心碎的回憶，尤其死對頭韓國前兩局便狂轟濫炸灌進八分，打得你心灰意冷。然而這回你不會再忘記了：二局下半首先踏上打擊區的中華隊第四棒打者竟出乎全世界意料，猛然橫過球棒突襲短打。他幾乎是在點中球的瞬間邁開雙腿往九十英呎外的白色壘包狂奔，彷若有生命的小白球咕溜溜滾在五棵松球場攝氏三十二度高溫的內野草皮上，而與全世界同步愣了一拍的投手與一壘手連忙趨前追趕。

他是在距離目標兩步之遙時斜身撲下的，彼時一壘手已一把攫住了球，並拉長身子拚命將手套迫近他，而那一撲恰恰閃過了觸殺之手。他的頭盔震脫，俯落的身軀掀起一片紅、白色飛塵，左手拂過一壘壘包邊緣……

奇里希（Fabrizio Chirici）本能反射的攤平雙手，而當他回歸自我意識後，是以一種略帶驚訝、進而讚許、甚至尊敬的神情看著這位肩扛八分重袱的第四棒打者。奇里希是當天的一壘審，你與他一樣，都從那一刻起被這個奮不顧身的名字深深撼動——彭政閔。

多出來的名字

有人認為，彭政閔是臺灣棒球史上最強打者——然而這個名字，卻曾經是差點被淘汰的那一個。小時候體弱多病的彭政閔是從小學四年級開始接觸棒球的，起初他在只有二十個名額的高雄市復興國小棒球隊招生中落選，不過班導師向教練薦舉他，希望總愛調皮搗蛋的彭政閔可以進球隊磨一磨、變乖一點，因此他破格成為球隊的「第二十一個名字」。「棒球」之於他，是強身健體的運動，也是掙脫教室的理由，但是練了半年多他始終無法開竅，五年級的某一天教練告訴他：「你可以不用來練了。」——那是一九八九年，彭政閔才剛在南臺灣的炎夏度過十一歲生日。

彭政閔的父親經營一間配管工廠，為了爭取合約，他幾乎每天晚上都得應酬，父子間不要說偶爾在草地傳接球這種溫馨互動，根本連見到面的機會都很少。但是，當父親得知彭政閔被趕出球隊的消息後，竟從此斷然推掉所有生意飯局，帶著兒子四處拜託教練教球。以臺南為根據地的統一獅棒球隊和南部球界淵源頗深，因此父親請到以內野守備功夫著稱的「小飛俠」呂文生教守備、又找來打擊天賦不凡的鄭百勝指點打擊，直到國中二年級，彭政閔才終於把球打出了內野。而父親的辛勤栽培，也使他下定決心苦練回報。

屏東縣美和中學是臺灣棒球英才的搖籃，每年都有來自全國各地的棒球好手慕名加入，國小剛畢業的彭政閔當然也是那年其中一個。只是上了國中後，身高僅一四〇公分出頭的他在發育飛快的隊友們中顯得有些格格不入，跑步時步伐差人家一截、傳球和揮棒的力道也遜人家一分，國一這年，他只能幫忙隊上割割草、撿撿球——差一點，他的棒球路又要於此告終。

是那股不服輸的硬脾氣助他度過難關的。他三天兩頭找教練請教、修正缺失，並用勤練彌補先天條件的不足。每天午休，當隊友們休息時，彭政閔卻埋著頭獨自練跑。無論是短程衝刺還是拉長距離培養耐力，他全憑一股傻勁不斷向前跑著。所以當國三那年個子終於開始抽高時，他的技術已然凌駕同儕。彭政閔首度獲選青少棒國手，身披國家隊戰袍遠征巴西。對決強敵古巴那天，他敲出一支讓球隊先馳得點的安打，作為自己十五歲的生日禮物。

此後，他接連兩年入選青棒國家隊，「彭政閔」成為一種必然，而不再是讓人輕易遺忘或是多出來被放棄的名字。那個剛進來總是氣喘吁吁落在隊伍尾巴的小胖子，在畢業離校前已經遠遠衝在最前頭——美和的李瑞麟教練大膽預言，彭政閔，將是臺灣棒球的明日之星。

失落之夢，初昇之星

每一個懷抱棒球夢的孩子都嚮往能在世界棒球最高殿堂大展身手，而高三那年在古巴舉辦的世界青棒錦標賽，或許就是彭政閔最接近夢想的時刻——只是，在眾家球探們虎視眈眈的目光下，他高掛免戰牌，右手掌裹著厚厚的繃帶。

對於那次年少的莽撞，彭政閔至今仍感到些許遺憾。血氣方剛的少年們為了義氣這一類原則相互咆哮、衝撞、大打出手、受傷，本不是什麼新鮮事，然而，右手掌骨被打斷還有機會慢慢復元，美國職棒大聯盟的夢卻再也難圓了。

邁入二十一世紀，天空的版圖逐漸由這批初昇之星接管：陳致遠、張泰山、許銘傑、陳金鋒、余文彬、陽建福、蔡仲南、王建民、張誌家、林恩宇、林英傑、曹錦輝、郭泓志……出生於七〇中晚期到八〇年代初這一批球員們，堪稱臺灣棒球的繁星世代。

家中生意不遂，經濟壓力驟然而至，這迫使彭政閔放棄保送升學的資格以及憧憬的大學生活，退伍後匆匆投身職棒。前後梯的陳致遠、陳金鋒、余文彬、陽建福都有經歷過大學或社會球隊的磨練，先打出知名度並藉此抬高身價，為轉往國內外職棒鋪好一條青雲之路。相較而言，彭政閔雖然同樣具備國手資歷，不過比起他們還是遜色幾分，國際賽中也沒有讓人印象深刻的代表作。儘管中華職棒新人選秀中獲得兄弟象隊第一指名，但現場竟有不只一位球團老闆在問：「彭政閔是誰？」

初入職棒時，身、心理狀態都尚未調整至競賽水平，前頭卡著隊上主力球星「萬人迷」王光輝，讓他只有零星的代打機會；職棒賽場上眼花撩亂的汽笛、海報和加油口號又薰得他飄然陶醉，飆漲的腎上腺素使他每一次揮棒都像要把球打破似的。然而，每每建功不成之外，連球感與攻擊節奏都跑掉了，這下更是坐足冷板凳。身負眾人厚望卻一直繳不出滿意的成績，這讓容易鑽牛角尖的彭政閔一度陷入信心崩落的死胡同。

好在這一切，到了下半季終於得以扭轉。他像是突然甦醒般，從上半年打擊率不及兩成的谷底逆勢彈升。無論是以代打還是先發身分上陣，整個七月僅僅一場比賽未能上壘，也順利擊出生涯第一支全壘打，而亮眼的表現也終於替他爭取到固定先發位置。彭政閔、蔡豐安以及季中選秀入隊的陳致遠組成了中華職棒最可怕的中心打線，他們用手中的球棒串聯起綿密的火網，在球場夜空迸射一枚枚劃過天際的全壘打，「黃金三劍客」之名不脛而走，兄弟三四五棒也成為所有投手望而生畏的無間地獄。

兄弟象憑著強大的火力掩護奪得下半季冠軍，而在年度總冠軍賽的大場面上，彭政閔絲毫不見新人的生澀，首場就擊出四支安打，包括一發全壘打。兄弟象與統一獅鏖戰七場，從一比三對戰落後的懸崖邊緣演出大逆轉封王！彭政閔在整個系列豪打十三安（其中有兩支全壘打）、十打點，總計共零點四六四的恐怖打擊率，從此奠下新一代黃衫軍不動四棒的地位。

而彭政閔的進化並未停止，配備無死角的全方位揮擊和精密的選球鷹眼，他年年穩定輸出三成以上打擊率與四成以上上壘率，逐步拿下安打王、金手套、最佳十人、年度MVP[1]以及至今無人能及的五座打擊王。他一棒敲開了兄弟隊史第二度三連霸盛世，中華隊也屢屢徵召他為國效力。

肩膀上的巨人

「兄弟球衣上的贊助廠商 Logo 很多，穿起來很重；中華隊球衣上雖然什麼都沒有，穿起來卻更重。」彭政閔迷人，因為他近乎完美。他的打擊、他的盜壘；他的謙和、他的認真，一切彷若純粹而沒有雜質。隨著名氣日漸響亮，彭政閔被賦予的責任也越來越重——從球場上到休息室，從技術面到精神面，從國內到國外。時代的洪流不斷沖刷，大環境的考驗也從未停止，紛至沓來的難關如千堆湛寒的浪。

那是常人無法理解的沉重，身旁換了一批又一批「三劍客」拍檔，他獨自承受質疑與責難，咬緊牙關在放大鏡的檢視下揮棒——就連每一個眼神的關心擔憂、每一張臉龐的殷切期盼竟都成了包袱，面對排山倒海的壓力他說：「我不會逃避，因為有壓力，才感覺自己活著。」

可是當他實在積累太多，透過轉播鏡頭你終於看見了他的憤怒和懊惱，他摔頭盔、扔鐵椅、捶打置物架變電箱或是消防櫃——但你卻不禁鬆了一口氣，因為你知道他終究是一個人，不是完人、超人，就只是如你我一般，有血有肉、有高潮低潮、有脾氣有知覺的一個人。而且你很確定，他一定會克服難關，因為他笑起來還是那麼純樸憨直，眼睛總瞇成一彎柔和的月亮。他燦爛而勤奮、專注而踏實，過不久你就會發現，他依然是那個值得信賴的不動四棒，屹立在所有人記憶深處的打擊區揮出逆轉比分的全壘打。

他永遠無法趕走肩頭上的巨人，可是他總會把自己練得更加強壯，蓄滿足以背負起更多、再多責任的力量。

菜鳥球季下半年的突然爆發絕不是沒來由的——陷入瓶頸的那段日子裡，他請啟蒙恩師鄭百勝修正打擊動作，每天拜託吳思賢、榊原良行兩位教練幫他練四、五百球「特打」，有一回，他甚至練到全隊都在巴士上等他打完才開車。

追求完美、一絲不苟、十次打擊恨不得能轟出十一發全壘打，這才是最真實的彭政閔。

反方向的全壘打

彭政閔習慣將球帶得更接近本壘板，以穩固的下盤和快速的手腕翻轉補足揮擊延遲，如此一來，球看得更清楚，攻擊面也加大。一般拉回型打者擊球落點多半分布於順向（右打者左側；左打者右側），而彭政閔打出的球卻常常往反方向飛行，一支支翺翔於右外野的全壘打幾乎已成為他的招牌。

他擊球後絕不張揚的甩棒，單手握著它在奔向一壘中途輕輕放下；轟出全壘打後也從未怒吼或大笑，只是靜靜繞過所有壘包。他看起來比任何人都無害，但比任何人都不服輸；他總是最低調的那個，但往往顯得更加奪目。

二〇〇八年那天的五棵松球場，落後八分、沒有陳金鋒的中華打線在彭政閔奮不顧身的撲下之後彷彿被激勵般紛紛覺醒。他們一棒接著一棒壓迫著對手，一點一滴將失土收復，一直到彭政閔六局下擊出那支帶著兩分打點的二壘安打，中華隊竟不可思議的將比數扳回平手！儘管我們都知道這場球最後仍舊功敗垂成，但是自始至終都沒有放棄的國手們，以及——那位偉大的第四棒打者，卻贏得了所有人的尊敬。

有人形容他是一具完美的打擊機器，可是這樣的他卻正是從一切的不完美逆流而上。崎嶇而多舛的棒球之路中，彭政閔從來都不是一個霸道的征服者，他像是他所打出的那一支支反方向的全壘打，與眾不同，逆風飛翔。

他是中華職棒最強打者、人氣球隊兄弟象當家臺柱、國家隊第四棒。他只有一個手套、一支球棒，但就憑這個名字，便足以掀起你心底最深、最原始的悸動。

註1：MVP意為美國職棒年度最有價值球員（Major League Baseball Most Valuable Player Award），是美國職棒MLB每年頒發予美國聯盟（American League，AL）與國家聯盟（National League）兩聯盟各一名的個人獎項，以表彰賽季中對球隊戰績貢獻最大或是成績最為優秀的球員。中華職棒從一九九三年起，承接此美意，每年球季結束後，票選出當年度表現最佳的球員，並頒發年度MVP以做表揚。

哲斌大叔的 運動頻道

LIVE

SPORTS CHANNEL

彭政閔出身於美和中學，這所位於屏東內埔的私立中學，是青少棒及青棒的傳統名校，為臺灣培育不少棒球人才，也累積奪下13座世界冠軍。

文中提到，小學期間被教練放棄的彭政閔，身材又比同齡隊友瘦小，就是憑藉一股不服輸的精神，在美和國中部期間，逐漸鍛鍊趕上同儕的球技，從青少棒一路打上青棒。

這股拼勁也延續到職棒生涯，2005 年「恰恰」在比賽中情緒失控，以右拳揮擊休息區變電箱，造成手掌骨折，進入傷兵名單，兄弟象年底將他降薪 10 萬元。彭政閔不但沒有消沉氣餒，反而蛻變為更穩重、更謙和的球星。

由於他的生涯貢獻與超高人氣，2016 年季後，兄弟球團與 38 歲的彭政閔再簽六年合約，包含兩年球員約與四年教練約。

搜尋關鍵字 恰恰，美和中學，兄弟象

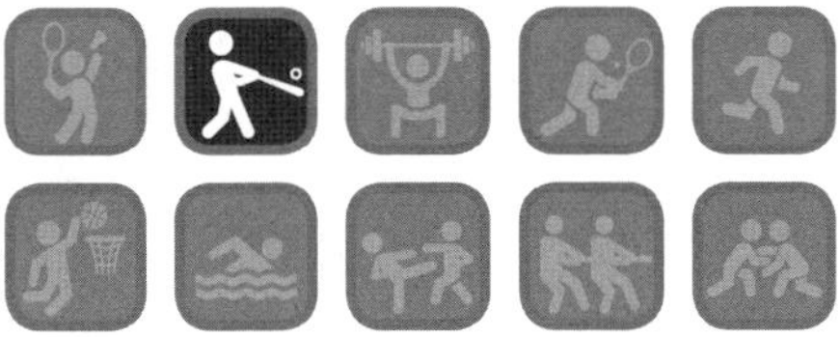

奧運舉重銅牌：人生不只是贏得比賽 郭婞淳

文／邱紹雯　攝影／曾千倚

原刊載於《親子天下雜誌》八三期，二〇一六年十月二〇一六年里約奧運，代表臺灣在舉重項目中拿銅牌的郭婞淳，在體育生涯中並非一路順遂。然而，她將所有的不完美化作養分，比起她舉起的數百公斤重槓鈴，郭婞淳擁有的，是更強大的力量。

「人生的目的不是贏得每場賽跑，而是當我們完賽的時候，途中幫助了多少人一起完成賽跑。」這不僅僅是運動家的終極精神，也是舉重好手郭婞淳身上最難能可貴的助人特質。

二〇一六年臺灣代表隊在里約奧運中拿到一金二銅，郭婞淳舉起其中的一面銅牌，奪牌的背後，真正讓更多臺灣民眾認識這位舉重力士，是其善心義舉。她將過去比賽獎金一百八十多萬元，捐贈救護車給澎湖馬公惠民醫院，協助離島病患就醫。在鎂光燈關注前，她每年捐助母校國立臺東大學附屬體育高中舉重隊獎助金，並自掏腰包舉辦摸彩，與除夕夜還在練習的學弟妹同樂，用一己之力鼓舞後輩。

擁有臺東阿美族血統的郭婞淳，生長在單親、隔代教養的家庭，最苦的時候，全家住在工寮，成長背景和多數偏鄉原住民小孩類似，她卻用舉重翻轉命運，從高中開始拚獎金養家，憑著一雙手撐起完整的家，也替自己舉起一片天。

在母親郭燕瓏印象中，她出生時因胎位不正、臍帶繞頸，是讓人痛了十幾個鐘頭、很難生的娃兒。取名「婞淳」，其實隱含母親「一生豐衣足食、幸福享受」的期許，沒人會想到，這個曾不斷在親戚間「流浪」、因沒有爸爸而被鄰居嘲笑的孩子，如今成為整個家族的榮耀，所有家人因為她每次的出賽而凝聚在一起。

走下舉重練習場的郭婞淳，放下一頭長髮、小小的鵝蛋臉、細緻的五官，笑起來靦腆真誠，私底下的興趣也很「少女心」，一雙健壯手臂與厚繭手掌，搭配著細長的手指，她喜歡彈鋼琴、閱讀，不將人生的全部框限在舉重一途。承載著眾人的期待，其實，真正屬於她自己的小小夢想很簡單，不過是希望有一天卸下國手身分，也能出國念書，體驗單純的大學生生活。

郭婞淳以舉重揚名世界，但她運動生涯最初的選擇卻不是舉重，因為國三那年全國中等學校運動會的四百公尺接力賽，在她手上意外掉棒，而隔天的舉重比賽，她什麼都沒練，卻拿到了金牌，讓她決心投入舉重懷抱。她說自己相信命運的安排，一路上卻見她不輕言向命運低頭的生命韌性。

成為舉重選手後，她曾在一年內從高峰重跌到低谷，被一百四十一公斤重的槓鈴壓碎大腿內側肌肉，兩個多月來只能以輪椅代步，而重傷的前一年，她才剛橫掃亞洲舉重錦標賽、世界大學運動會、東亞運動會、世界舉重錦標賽等四面國際賽金牌。在教練林敬能眼中，不服輸的信念、自律與愛心正是愛徒能重回世界舞臺的原因。

無論是受傷、奪金失敗，她始終相信：「老天爺要你多成功，就會給你多少挫折與磨練。」將所有的不完美當作未來成功時的養分，讓郭婞淳因而擁有比她舉起數百公斤重的槓鈴更強大的力量。

Q 家裡的經濟都靠你一個人支撐，狀況並不好，為何還會想捐救護車？

A 我認為自己還可以靠比賽賺獎金，而且做好事心情真的很愉快。被槓鈴壓傷時，躺在地上就是等救護車，我很能理解那種等待急切的心情。加上運動這條路很需要人家推你一把，那麼多人努力與用心把我推到奧運的殿堂上，所以我想幫助更多人，每年固定會捐助臺東體中舉重隊的學弟妹十萬元獎助金。未來我還想在母校附近開間早餐店，希望讓學弟妹們能有頓營養的早餐吃。

Q 談談你在臺東如何長大？

A 我出生就沒有見過親生爸爸，媽媽在外地工作很少回來，從小是外婆帶大的，還曾經喊她「媽媽」呢！那時家中主要靠包檳榔的荖葉園維生。小時候不覺得家窮，早上有豆漿、油條就很好吃，只要三十元就能解決一餐了。國中因房貸繳不出來，連夜搬去工寮，我才意識到家裡經濟狀況不是很好，我們一直搬來搬去，住在不同的親戚家。曾碰過晚上沒錢吃飯，打給國中教練請她先借錢給我們；也曾經歷和阿姨、外婆、表弟四人擠在一間小套房裡，那時只有一張床和電視，連桌子都沒有，我就趴在地上寫功課。

我從小就很喜歡運動，柔道、足球、籃球、田徑都有接觸，運動對我而言，不僅獲得心靈的抒發，又有同儕、隊友的陪伴，讓我沒有走偏。所以，以前我都不會覺得沒有爸爸很奇怪，讓我不會特別去想自己成長過程中和別人不一樣的地方。

國中我就靠體育和原住民的獎助學金付學費，不向家裡拿錢，上高中開始慢慢有成績後，就有比較多獎金。現在外婆的腳不方便，媽媽回來照顧外婆，還要照顧小妹（同母異父），全家也是靠我在養。家庭一直是支持我朝奧運目標前進的很大動力之一，因為一開始練舉重就是為了想賺錢改善家計，高一參加亞洲青少年舉重錦標賽拿到銀牌，教練說我有機會參加奧運，我才敢開始做奧運的夢，現在的目標很明確，就是想爭取更好的成績。

Q 被一百四十一公斤重的槓鈴壓傷而坐輪椅，你如何走過那段低谷？

A 真正的低潮是在重新站起來、恢復訓練後才開始的。剛恢復訓練時，害怕會再受傷，所以加重訓練我就不敢舉，通常一準備就放掉，沒辦法舉過頭，那段時間經常練到哭，成績都上不去。受傷後一年，回臺東移地訓練，某次練習了近七個小時，練到晚上九點，大家都休息了，只剩下我，教練們一直鼓勵：「你可以的！」就在最後一舉時，舉過了一百公斤，過了這關後才順利度過了撞牆期。

輪椅代步期間，我在臺北長庚醫院的身心靈轉換中心休養，中心創辦人楊定一告訴我要正面思考、要相信腳很快就會好，讓我充滿正面能量。這個傷讓我學會了對生命感恩，因為懂得感恩的人才能獲得最大的能量。我會想，受傷位置距離膝蓋上方不到一公分，幸好沒有傷到膝蓋，否則大概沒辦法再練舉重了。

也因為這個傷，我更會察覺自己身體的狀況，不是只有一直往前衝；也是因為這個傷，讓更多人看到我的故事，因而覺得被激勵，教練曾半開玩笑說過：「要是我就這樣一路順遂拿到奧運金牌，那就沒有什麼故事可以寫了。」

Q 除了舉重，你平常還做些什麼事？

A 我喜歡彈鋼琴，雖然大家都覺得舉重和鋼琴搭不上邊（笑）。我覺得鋼琴的聲音很美，主動向教練說想學琴，他就每週開車載我去音樂教室學，我還買了一架鋼琴放在國家運動訓練中心練習。但練琴和舉重一樣，很重要的一點其實是學著放鬆，每當我學會彈一首曲子，即使是很簡單的曲目，我也覺得很有成就感，當成抒發心情的方式。

國中以來的教練會要求我們看自己喜歡的書，所以我也喜歡讀勵志書籍。閱讀可以幫助態度的養成，也有助於我思考與表達，我會將書中好的句子抄在本子上，最近買的新書是《挫折大學》。五年前訪問過我的記者就知道，以前我只會一直笑，現在已經可以講比較多話了。

Q 沉澱過後，從二〇一六年奧運中有什麼新的學習？

A 應該是離金牌最近的一次，但也因為我真的太想要拿金牌，臨場表現「不知道怎麼搞的」，整個人都亂了。現在你問我，想要在四年後的東京奧運達到什麼目標，我會希望把自己平常訓練最好的表現發揮在場上，而不要去管能拿什麼牌。[1]

註1：二〇一七年八月二十一日，郭婞淳在世界大學運動會女子舉重五十八公斤量級，在抓舉壓軸登場，不僅提前摘金，還繼續挑戰自我，為地主臺灣留下舉重首金！最終以抓舉一百零七公斤、挺舉一百四十二公斤、總和二百四十九公斤，三破大會紀錄，挺舉更打破世界紀錄。

哲斌大叔的 運動頻道

LIVE　SPORTS CHANNEL

郭婞淳的舉重人生，是令人動容的奮鬥故事，尤其她經歷傷痛，成功復健，因而慷慨捐贈救護車到離島，讓人衷心敬佩；另一方面，郭婞淳的成長歷程，也反映了臺灣原住民的際遇。

包括郭婞淳的金牌在內，臺灣在 2017 年世大運留下 90 面獎牌，其中 11 面來自原住民選手，因而引發「米田堡血型」的先天條件說；但也有社會學者認為，這種說法忽略原住民在社會經濟結構中遭受壓抑，缺乏向上流動的資源及機會，許多像郭婞淳一樣的原住民小孩，必須拚命爭取運動場上的表現，才能改善家庭經濟狀況。

無論如何，原住民選手在臺灣運動圈的優異表現，是不爭事實；然而，如何增進原住民族的地位與權益，讓更多「郭婞淳」在不同領域發光發熱，則是體育賽事之外，值得臺灣社會不斷追問的題目。

搜尋關鍵字 郭婞淳，米田堡血型，原住民運動

我的信仰是大自然

陳彥博

採訪整理／馬岳琳

原刊載於《天下雜誌》四六〇期，二〇一一年四月

照片由王創緯攝，天下資料庫提供

為了送自己一個大學畢業禮物，陳彥博參加人生第一次極地馬拉松比賽。對他而言，夢想不是一個人的事，因為專注的追求夢想，會帶給身旁的人更多正面的力量。

小時候在雲林阿嬤家的三合院裡跑呀跑，以為跨出了門檻、踏上了泥土，就叫奔向大自然。

長大後憑著一股血氣方剛的單純念頭，想在大學畢業前送給自己一份禮物，平凡的國立體育大學馬拉松選手，挑上了最艱難的六百五十公里磁北極橫越賽。

陳彥博沒有想過，他的首次極地長征，就經歷被北極熊攻擊、在零下四十九度低溫中失溫、後來又遇上脫水的三次生死關頭。但也是在那一次，他感到自己有生以來第一回真切聽到了大自然的聲音，無論是風雪或烈陽，都傳遞了大自然的訊息，令他敬畏，也帶領他探索生命的本源，感受最原始的悸動。

在世界盡頭見到千奇百怪

二〇〇八年的「六百五十公里磁北極大挑戰」，陳彥博創下歷屆最年輕成功完賽紀錄；二〇一〇年，他參加「喜馬拉雅山一百六十公里五天分站超馬賽」獲得第四名；二〇一一年則在「北極點馬拉松賽」跑下季軍。

他跑過猶如廣大迷宮般的高壓冰柱群、見識帳棚外的冰河裂縫，就在肉眼清晰可辨的狀況下一夜崩解；他在懸崖峭壁上感受來自聖母峰的雲煙輕撫面龐，也在冰河邊看到躺著晒太陽的海豹，被人一棍子打向腦袋獵殺。

他把在世界盡頭的親眼所見，帶回亞熱帶的臺灣與眾人分享。陳彥博到學校演講，照片與經驗是最好的環境教材，小朋友在他的部落格上留言，「彥博哥哥，謝謝你帶我們看那麼多地方。」

二〇一一年十二月，他又去了南極比賽。去之前，在成淵高中細雨的操場上，他像往常一樣練跑，高中母校教練潘瑞根的抽屜裡，放著當年陳彥博閱讀另一位超馬選手林義傑《勇闖撒哈拉》一書的心得報告，「將來，我希望自己接續撒哈拉，去那尋找生命的祕密，和對生命的挑戰，總有一天，我會找到的。」

極地馬拉松危險、迷人，陳彥博在一次次的追尋中，知道天高地厚。以下是專訪摘要。

大三時在網路上看到穿越極光冒險計劃，優勝者可和林義傑去雪地跑步，我就想參加。網路報名從三千多人中挑六十人複試，體能測驗和面試後，再選出三人至加拿大進行五公里雪地越野賽，我拿了第一名，就成了二〇〇八年六百五十公里磁北極橫越賽的三名臺灣選手之一（另二位是林義傑、劉柏園）。

參加這種極限運動應該要循序漸進，但沒想到我一開始就參加最困難的比賽，六百五十公里橫跨整個磁北極，只有兩個檢查站，你必須通過很多生存課的測驗、學技巧，為的是測試你懂得適應環境、確保安全，因為整趟賽程，身邊不會有其他人。

在這場比賽之前，我只是一般的大學選手，也只是想給自己大學畢業前的禮物。沒想到一開始就經歷三次差點死掉的經驗：被北極熊攻擊、在零下四十九度低溫裡失溫，後又遇到脫水。這是一個很深刻的成長，讓你確切的知道生與死，告訴你什麼是活著。

二〇一一年四月比賽去北極點，也就是地球最高點時，經過高壓冰群，俄羅斯科學家告訴我，高壓冰就像冰層間擠壓的裂縫或板塊碰撞而隆起的冰柱群，很高很廣的冰柱倒插，有兩、三層樓高，你進去時可能會迷路，我們一小時甚至只能前進兩百公尺，一直迷路，只能沿路連拖帶撞，硬把裝備一起揹出來。

參加世界最美麗的馬拉松

在那樣的比賽過程中，很少會回頭看，因為太累。我記得那次是我回頭看最久的一次，因為我想看我是從哪裡出來。一回頭看，先是一陣風雪吹過，什麼都看不見，然後定睛，是一群很高大的冰群、冰柱倒插，一、兩層樓高，給你一種敬畏感，在一片極白雪地，卻出現這麼一大片冰柱，你會覺得它像是一種帶有思考性的物體，有自己的生存形態，當下我就覺得我的信仰在這裡，我的信仰是大自然，我知道我為什麼來參加這個比賽。

在這種過程中，除了你與自己在對話，你還會意識到眼前與身體感受到的外在世界，那是最純粹的大自然，你看到地球最原始的樣貌，完全沒有人工開發痕跡。

二〇一〇年我參加喜馬拉雅山一百六十公里五天分站賽，這個比賽被譽為世界最美麗的馬拉松，因為你經過最原始的山徑，又可以看到八千多公尺的四大高峰。

那次比賽中間我發生高山症，跪在地上吐，頭暈又一直乾嘔，好不容易追過的韓國選手，又離我越來越遠，我就問自己，還能繼續跑嗎？我那時低著頭，跪在懸崖旁邊，腳下都是雲層，我抬頭一看，發現聖母峰就在我眼前。我就看著聖母峰問，我還能跑嗎？怎麼辦？

這就是極限運動不一樣的地方，當靜下來時，全身細胞都定下來，那時突然覺得身旁的風吹草動都停下來，看到聖母峰上方的雲煙，朝我吹過來，吹到我身上，像一種無形的力量在安撫你，告訴你：去吧！孩子。你確確實實感受到大自然與你的一種融合、一種默契，這就是我為什麼那麼愛極限運動，因為可以真切感受大自然的存在。

目睹海豹被殺的一幕

二〇一一年四月在北極點，與二〇一〇年的晴空萬里不同，它瘋狂的颳著暴風雪，你想去聆聽它，但它就像是閉了嘴不說話。直到我比賽完，連續颳了四天的暴風雪突然停止，我站在冰柱上，停下來，閉上眼，轉一圈，想到自己在地球的最高點。睜開眼睛時，發現天空在飄雪，六角形的冰晶結構在手上一清二楚，雪片就在手套上融化，好像與大自然產生了連結，那是最直接的互動。

在比賽中，你是第一線看到世界的變化，像 Discovery 或動物星球頻道看到海豹被殺、冰河裂開，但當親眼目睹時的那種恐懼與震撼，我都會希望帶回來跟大家分享。

遊客去喜馬拉雅山，一年製造五十五萬噸垃圾，因為高山上細菌很少，空氣含氧度低，所以垃圾不易腐蝕，觀光客越多，垃圾就越多。

北極點應該是永凍的冰層，永遠不會融化，但當我看到時，它卻是不斷崩裂的，你看得到北極海，看得到洋流與裂縫，那是一種很大的震撼與恐懼。冰河裂縫，從我們搭帳棚的第一天，到要離開時是越裂越大，每天都不一樣。極地環境的變化，對我們亞熱帶的人很難想像。

在挪威，我第一次看到海豹、也第一次看到海豹被殺。本來是看到海豹在冰上休息，覺得好可愛，拿起相機一直拍照，突然一艘船開過來，海豹蠕動要下水，但來不及了，船上的人就衝下來，用木棍往海豹的頭打下去。海豹距離我大約一百公尺的距離，因此你聽不到聲音，但棍子打在海豹頭上的瞬間，你心裡也會有很大的一個聲響。

參加極地馬拉松，你不是只有跑，而是讓你更貼近這個世界、了解世界發生了什麼事。可以確切看到世界七大洲的變化，並且可以把看到的，帶回來與別人分享。

我曾經去大學演講，第二天有學生留言在我部落格，說他們一直講要去環島但都沒去，但聽了我演講，第二天就立刻出發了。我後來發現，夢想不是一個人的事，當你專注在追求你的夢想時，你可以帶給更多人正面的力量，幫助更多人去改變自己，這才是夢想。

哲斌大叔的 ▶ 運動頻道

LIVE **SPORTS CHANNEL**

陳彥博不只克服大自然挑戰，也曾罹患咽喉癌，憑藉信心與意志力，克服病魔痊癒，再度投入比賽，2016 年取得「四大極地賽」總冠軍。

「四大極地賽」全名是「四大極地超級馬拉松（The 4 Deserts Race Series）」，以埃及撒哈拉沙漠、中國戈壁沙漠、智利阿他加馬沙漠、南極冰原等四個極端環境，各進行七天六夜 250 公里的長跑；前三站至少完成兩站的選手，才能參加南極的比賽。

陳彥博的前輩、臺灣另一位極地運動好手林義傑，2002 年就開始參加極地超馬，他目前已經退休，投入經營運動品牌。陳彥博曾與林義傑、「遊戲橘子」創辦人劉柏園，挑戰磁北極 650 公里極限馬拉松，獲得團體組第三名，導演楊力州曾隨行拍攝紀錄片《征服北極》。

搜尋關鍵字 陳彥博，林義傑，四大極地賽

打進奧運姊妹檔⋯⋯看臉就能讀心

詹詠然、詹皓晴

文／羅之盈　攝影／王建棟

原刊載於《天下雜誌》五八九期，二〇一六年一月一個家庭能出兩位世界級運動員，並不容易。詹詠然、詹皓晴走過傷病復出、默契不足的低潮，二〇一五年姊妹合體進擊，旋風式奪得奧運入場券。

「我們跟前世界第一的組合，打到第三盤十九比十七。」「九比九過後，每一分都是賽末點！打得非常糾結！」「有一刻覺得會不會就這樣永遠打下去了？這代表很享受這場高張力比賽，這一刻很特別，不在乎輸贏，反而很放鬆的發揮，直到贏了！」

這是二〇一五年八月辛辛那提公開賽的一幕。這場世界女子職業網球協會（Women's Tennis Association，WTA）四大公開賽之外的頂級賽事，高手齊聚，壓力重重。

說故事的是兩位臺灣網球女將——姊姊詹詠然起頭，妹妹詹皓晴附和。

這場美國體育主播稱為「史詩般」的殊死戰，一共歷時兩小時十五分鐘，兩姊妹接力講述著，有時互相吐槽補充、有時異口同聲，兩對模樣相似的眼睛裡，有著同樣的飛揚。

「八強賽後，我們氣勢都拉起來了，感覺過了一夜都長大了，」詹詠然、詹皓晴感嘆著說。

這場精采的姊妹合拍，讓她們擒拿了辛辛那提冠軍，更開啟勝利節奏：美國公開賽八強、日本公開賽冠軍、中國公開賽亞軍，甚至入選每年只有八組頂尖組合能夠參與的WTA年終賽，積極攻入四強。當時兩人雙打排名已達第七名、第十二名，並以臺灣雙打新組合「大小詹」名號，爭奪奧運后冠。

「大詹」二十六歲的詹詠然成名很早，六歲開始打球，八歲拿下臺中區十二歲、十四歲組冠軍，是個活蹦亂跳、讓人驚豔的網壇小神童。十五歲拿下澳洲公開賽青少女組雙打冠軍，為臺灣人首度抱得四大公開賽金盃。

轉入成人職業賽後，詹詠然最高列名世界單打五十名，雙打同優，〇七年與臺灣女將莊佳容共同拿下澳洲公開賽、美國公開賽亞軍，雙打排名上升到世界第六，這時她才十七歲，是臺灣搶入四大賽決賽最年輕的選手。青澀直率的笑容，好像揮起球拍就能達到世界盡頭，沒有什麼目標是達不到的。

評述網球賽事超過二十年的體育主播許乃仁，直言看她比賽從來沒有失望過，「每一場球，她都把自己所有的東西毫無保留的表現出來，那種不服輸的鬥志，對運動純然的熱愛，非常有感染力。」相對於另一位臺灣女將謝淑薇的「鬼之切球」，「詹詠然沒有必殺技！但就是面面俱到，抽球很重、發球很沉、體力很好，更重要的是專注、良好抗壓的心理素質。」

但傲人成績背後，當時的傻笑女孩背負著全家經濟重擔。

九二一大地震天崩地裂的一夜，讓臺中東勢老家全毀，小康家庭的詹家一夜之間成了受災戶，這時詹家父母擔憂的不只是頹倒的三間房屋，更是當時十歲、嶄露網球天分的詹詠然，運動生涯不能停，只好孟母三遷移居運動資源較多的臺北，一家四口重新開始。

歷經傷病　學會「更沉著」

詹詠然十七歲攻入澳洲公開賽，眼見正要收割，卻在一一年、一三年接連遭受急性卵巢囊腫手術、病毒感染，傷病、復出、調適的循環。詹詠然突然從萬眾喜愛的臺灣新希望，逐漸掉入涼薄的訕笑。

跆拳道奧運金牌選手蘇麗文，那時可以感受到好友的挫折，「人在巔峰待久了，可以看到更遠的風景，但是肯定與否定一定更多。」蘇麗文慨歎，外界習慣用成績來衡量運動員，她只能拉著好友一起練習更沉著。

「九二一之後，我們家最大的希望就是我，那是沒有退路的。網球是我要做好的事，是一種責任，我必須把這份天賦發揮到最好，只有這樣，才能讓大家看到爸爸媽媽為了我……很辛苦，」詹詠然想說的是對得起愛護自己的人，但終究沒有說出口，二十六歲女孩的成熟，有著讓人心疼的堅毅。

對應姊姊的深刻，二十二歲的「小詹」多了幾許浪漫的小女孩情懷。

說起話來語調輕巧的詹皓晴，有點撒嬌的可愛氣息。詹詠然六歲開始練球，兩歲的詹皓晴也在場邊，打著一面單音迴響的牆壁，累了席地就睡。

誰會記得兩、三歲的事啊？「我真的記得啊，記得我睡在哪、打哪片牆壁，也記得想打球的感覺很強烈，」詹皓晴眨著大眼，認真形容著。

有很長一段時間，球場上的人們關注著正在練球的小神童詹詠然，忽略了當時拖著球拍，遇到人就問「要不要跟我打球」的小小詹皓晴，也忽略了她六歲、八歲、十歲同樣拿下越級賽事獎座的成績。

詹皓晴長久以來失去了名字，僅以「詹詠然的妹妹」被稱呼著。

二〇一三年中國公開賽上，詹皓晴與美國名將琥珀（Liezel Huber）搭檔，第二輪遭遇前球后大小威廉絲（Venus Ebony Starr Williams, Serena Jameka Williams），剛滿二十歲的詹皓晴完全沒在怕，連番快狠準的網前截擊，讓小威廉絲氣到把球直接擊在詹皓晴身上，送上一顆想要嚇退她的「黑青」。沒想到詹皓晴搶球搶更凶，並在一片驚呼聲中取勝，小威廉絲甚至氣到當場摔拍。

這一戰，詹皓晴在媒體上，開始有了自己的名字。

談到身處在姊姊巨大身影下的壓力，詹皓晴停頓了幾秒，一旁的詹詠然護妹心切，露出準備解圍的模樣，「我本來就是詹詠然的妹妹，不管有沒有打球，很多人都還是會叫我詠然的妹妹啊，」簡單幾句話，詹皓晴輕巧撥開重霧，原本緊繃的姊姊也解開眉頭，這就是詹皓晴單純直率的輕武器，一種軟如棉花的輕鬆能量。

二〇一五年，詹詠然與中國搭檔鄭潔拿到睽違八年的澳洲公開賽女雙亞軍，詹皓晴前一年也與白俄羅斯老將墨尼（Max Mirnyi）搶下英國公開賽混合雙打亞軍，姊姊回歸頂尖狀態、妹妹磨練出職業水準，兩人狀態正盛，球風互補，再加上血濃於水的親情交融，她們決定合組女雙組合。

不過，運動的世界，高潮總得經過漫長苦練，低潮卻一轉眼就來。

雙詹合拍前半年，賽事一片慘淡，默契不足、戰術無法發揮，各有急躁、各有脆弱，於是總是輸給不該輸的對手，總是在一切好轉的時候，遭遇逆轉落敗，「到底要不要拆夥？」她們向來能看對方的臉就知道心意，這次，她們知道對方心裡有著同樣疑問。

兩人的生活導師兼施洗牧師松慕強表示，記得當時分別接到姊妹打來的越洋電話，「期間姊姊從來沒有設法要把妹妹甩掉、妹妹也從來沒說要綁著姊姊，她們都在為對方設想，沒有拿自己做評估，讓我非常感動。」

漩渦般的低潮在八月中爆發，一場在絕對優勢之下被逆轉的賽事，兩人當場就哭了，伴隨而來的鬥嘴、埋怨，情緒決堤後，姊妹倆不忍對方難過，重新省視合作心態，更謙卑的面對自己弱點，接受對方建議，體諒彼此，很快就迎來一週後辛辛那提的關鍵勝利。

雙詹好友、藝人陳建州對她們的心理素質表示肯定，「她們比現在同年齡的女生，還要成熟，因為她們看過了世界，格局、競爭感，就會不一樣，」陳建州疼惜的說著。

流言都會過去，但歷史會留下

如同許多臺灣運動選手，雙詹的教練是父親、經紀人是母親，在資源有限的臺灣體壇，詹家近年流傳著搶資源、與其他選手不合的流言，體育主播許乃仁慨嘆流言不需要關注，資源有限的臺灣能夠培育出國際級選手，基本上都是「奇蹟」了，「流言以後都會被忘記，會在歷史上留下來的就只有她們在球場上的表現。」

二〇一六年初女雙排名第一的前球后辛吉絲（Martina Hingis）與米爾札（Sania Mirza），是二〇一五年雙詹纏鬥一整年的頭號敵手，那年十月底最後一場WTA系列賽年終賽，賽後辛吉絲對雙詹說，「我覺得我們能夠打敗那麼多組合，是因為我們有彼此，我們不斷競爭，不斷進步，才會跟別人拉開距離。」

一句來自網球傳奇人物的讚賞，在在肯定雙詹頂尖好手的實力。

哲斌大叔的 運動頻道

LIVE SPORTS CHANNEL

2017 年，詹詠然在國際賽事改與前球后辛吉絲搭檔，拿下九座女子雙打冠軍，包括 9 月的美國公開賽女雙冠軍，這是臺灣球員首度在美網奪冠；然而，詹詠然反而受到國內輿論的責難。

原因是，詹詠然在世大運與男子選手謝政鵬搭配混合雙打，打進準決賽後，卻因身體不適，在金牌戰退賽，轉赴美國參加公開賽，此舉引發誠信爭議，詹詠然除了提出解釋，也向謝政鵬及國人致歉。

詹詠然姊妹年幼就投入網球運動，一路克服災變及傷痛，讓人感佩，但在世大運退賽事件中引發爭議批評。媒體評論者楊惠君曾以「噓聲中的冠軍」，惋惜詹家未能妥善處理賽程衝突。臺灣的體育資源有限，這是職業運動員辛苦之處，然而，若能在「個人成就」與「團體榮譽」之間取得平衡，將會獲得更全面的尊敬。

搜尋關鍵字 詹詠然，詹皓晴，四大滿貫賽

初訪舊金山女子半程馬拉松

歐陽靖

文／歐陽靖

原刊載於《Soul 運動誌》二〇一二年十二月號

照片由歐陽靖提供

在這座對跑者非常友善的城市，用自己的雙腳親吻土地，超越自我生理與心理的藩籬，迎接下個未知的城市跑道。

首次來到舊金山，當我站上這片土地時，立即感受到她所散發的「愛與和平」。這個友善的城市好似從沒受過汙染，海風是清澈的、步調是緩慢的。來自世界各地的觀光客踩著海岸線，異性戀情侶在漁人碼頭邊抽著漂亮的琉璃菸斗，年過半百的同性戀情侶裸身在Castro街邊日光浴，伸出手的乞丐露出傻氣的笑容，他說：「上帝保佑你。」

華人經營的連鎖超市中，店員操著道地廣東腔國語在招呼客人；而駕駛「叮噹車」（纜車）的黑人大叔用生動的語調播報著站名……一切和諧無比。「沒錯，舊金山是嬉皮文化的發源地。」看到，便立即相信。

對跑者友善的城市

這樣說或許有些偏頗？但我總認為，一個城市居民「對跑者的友善程度」多少反映「生活水平」程度。舊金山是全美最重視「樂活、環保」的城市，除了豐富的有機商店、農學市集之外，市民的消費習慣也相當令人敬佩：買得起跑車藉以炫富的有錢人絕對不少，但他們寧願選購日系油電混合車，只因能減少對環境的負擔。

我曾在好幾個城市路跑，臺北、臺中、香港、東京、上海……每個城市都各有不同的感受、不同的特殊。

最熟悉的臺北除了有限制開放時間的運動公園、田徑場之外，並沒有個十全十美的路跑路線。跑者常得在狹窄的人行道上與單車、行人爭道，民眾也尚無禮讓習慣。而較寬敞的河濱公園夜晚又太暗，多少有安全的疑慮。

在來到舊金山之前，我最喜歡的路跑城市是東京。我白天曾在代代木公園慢跑過，也在深夜的六本木跑過。當見到有人在路跑時，散步的民眾每每會稍微靠著人行道邊行走，自然而然形成了「快車道與慢車道」人流，沒有任何一位跑者會被阻礙到。東京跑者還有相當有趣的一點：他們全身上下穿著的往往是同一個運動品牌的裝備，這可能源於日本民族對「品牌」的自然性尊重，你很少能見到上衣與運動鞋是「敵對運動品牌」的搭配，這一點相當特殊有趣。

而舊金山這城市對跑者的「友善程度」可不僅止於禮讓與路面的平整。

這裡的空氣乾淨，氣候涼爽而宜人，更重要的是，當地居民們本身幾乎都有運動習慣。當你身處海岸邊，隨時都能見到

在來到舊金山之前，歐陽靖最喜歡的路跑城市是東京。

許多路跑民眾。有夫妻一起的、有朋友陪伴的、有姊妹淘、有一人獨跑的……舊金山還有相當多的陽光女孩，她們會認真混搭跑步時的裝扮：半統襪、馬尾、粉紅色短褲……光是看著她們跑過身邊，心情都會不自覺好了起來。

用雙腳親吻的土地

如果要說「用雙腳感受到」的舊金山，我想絕對是那累死人不償命的陡坡！在這次二十一公里的征戰之中，歷經了好幾次激烈的上下坡變化，對於跑者的肌耐力無疑是一大考驗（路途中隨處可見在休息拉筋的跑者）。不過也因為自己的「初半馬」[1]經驗居然就如此艱鉅，反而讓我完全不害怕接下來參與其他的半馬賽。這次完跑後的痠痛成為強心針，意外引起我「再度挑戰」的欲望。若有機會，明年我還要再挑戰一次舊金山女子馬拉松。

我喜歡這個城市，也喜歡它所帶給我那種愛與和平的正面力量。這次由

Nike主辦的女子馬拉松比賽（Nike Women's Marathon，NWM）中，有不少人是為了血癌籌款而跑的慈善團體成員，她們在T恤寫上「Survivor」與患者的名字，沿道民眾皆為她們加油打氣，實在令人動容。而完跑馬拉松後洗個熱水澡，傍晚到漁人碼頭享用一大盤螃蟹、一大碗義式海鮮燉湯，這要我怎麼不愛舊金山！

長跑：超越生理的意義

這次為NWM進行了一個月的特別訓練，包括心肺與肌力訓練（Nike Training Club，NTC），以及長跑訓練。其中最難以忍受的不是重度逐漸加強的過程，反而是「改變飲食習慣」。

我的飲食口味清淡、怕油膩、重視原味，我幾乎不吃主食澱粉，更完全不吃甜食（每次至餐廳享用西式套餐時，最痛苦的莫過於餐前的麵包與餐後的甜點）。日常生活中的碳水化合物攝取量非常少，這對需要累積肝醣的長跑運動來說並不是好事。為此，我刻意逼迫自己攝取澱粉，每餐至少配上一碗五穀飯，比賽前兩天還吃了不少全麥麵包與馬鈴薯。

在NTC與長跑訓練過程中，每一天都在超越自己，那種體能越來越好的成就感真的非常神奇。不過從開始長跑至今的一年多，我認為自己得到的收穫是「心理大於生理」。長跑對我的意義非常重大，我的父親是拄著拐杖的殘疾人士，我自己在出生時雙腿腳踝是斷掉的，後來打了石膏才不致不良於行。從小身體孱弱，曾經胖到七十公斤，也曾經瘦到四十三公斤，甚至因為健康問題離開學校……如果這世上真有上帝的話，我不知道祂為什麼要賦予我長跑的能力，這乍聽之下很煽情，但我甚至會在長跑的過程中為此落淚。這一年多，自己的心理狀態變得非常穩定，比較沉得住氣，也較能忍受工作空窗期時的無助感。

下一個挑戰

從數個月前以「完跑全程馬拉松」為目的自我訓練，這次以兩個多小時成績完成了艱鉅陡峭的舊金山半馬，絕對必須自豪。如果有時間的話，或許能在二〇一三上半年到國外參加「全馬」（全程馬拉松比賽），順便為出國玩找個不偷閒的「正當」理由。

我身上有許多紋身，但事實上我已經將近十年沒有新的刺青了。我默默告訴自己：「只有在完成全馬後，才能再多一個紋身！」日本名古屋馬拉松、美國華府馬拉松……我目前正在積極調查上半年度有趣的國際賽事，畢竟要等到年底的馬拉松旺季實在還要太久，想要再增加紋身的心願異常急切（笑）。

目前確定將參加的賽事為十二月中的臺北富邦馬拉松，但我報名的仍是二十一公里的半馬，畢竟臺北富邦馬拉松的全馬限時為五個半小時，對於從未跑過全馬的我來說，或許會有點難度。總之，我滿心期待挑戰，成為道地的 Marathon Junkie!（馬拉松上癮者）！

註1：「半馬」，半程馬拉松比賽，是路程約21公里的長跑比賽。

哲斌大叔的 運動頻道

LIVE

SPORTS CHANNEL

擁有作家、演員、模特兒等多重身分的歐陽靖，以路跑友善程度，作為城市文明的指標，這是很有意思的觀察角度；事實上，也有學者認為，跑步風氣興盛與否，與一國的經濟成熟度不無關聯，只有大致衣食無虞的國家，才會孕育出平民健身的風潮。

近 20 年，臺灣出現越來越多城市馬拉松，校園操場、河堤公園的慢跑身影也越來越多，東吳大學教授郭豐州依據「路跑筆記」網站的資料統計，臺灣各地的路跑賽年年成長，2017 年就高達 999 場，遠超過前一年的 703 場，全臺跑者約在 40、50 萬人之間。

除了含括馬拉松（42 公里）、半馬（21 公里）、超馬（42 公里以上）及 10 公里以下的單純路跑，近年，融合游泳、腳踏車、短程馬拉松三種賽事的「鐵人三項」，也成為重度運動迷的新寵。

搜尋關鍵字 路跑，馬拉松，鐵人三項

失敗好朋友

除了贏，就是輸，有時一體兩面，
有時，失敗者更動人。

引言／

失敗不只是媽媽

文／黃哲斌

日本職棒界傳奇人物野村克也，有句膾炙人口的名言：「棒球，是一種失敗的運動。」當你站上打擊區，十次出局七次，只要三次擊出安打，就足以稱作強打者。關鍵在於，如何在七次失敗中，累積經驗、克服挫折、修正技巧，作為提高成功機率的養分。

不只棒球，所有運動幾乎都如此；不只運動比賽，人生幾乎也是如此。

曾創造「林來瘋」的林書豪，讓全世界最難搞的紐約球迷驚嘆拜服；然而，當他轉隊後，歷經傷痛、低潮、冷板凳，仍保持初出茅廬的熱情，他的場上哲學是：

「我認為，人在學會成功之前，必須先學會失敗。我人生有很多低潮，都化為許多美好事情的動力。沒有這些挫折，學習這些有價值的教訓，我沒有辦法享受、或是進入下一個階段。」

又如郭泓志，十七歲隻身闖蕩美國職棒，因韌帶受傷，前後動了三次手術，險些準備放棄棒球；後來升上大聯盟，才剛站穩腳步，又因手肘骨頭碎片，停賽動刀，當他終於回到投手丘，不但入選明星賽，更創下「開季連續三十六打席未被左打者擊出安打」的大聯盟紀錄。

郭泓志在復健過程中，付出極大心力，也忍受很多痛苦。他曾說，很多人以為他「這麼輕鬆，只上去投一局，然後一年可以賺這麼多錢。『但他們不了解，當我為了投那一局，背後要付出多少努力，是外人很難想像的。』」

或像是出身單親家庭、從小被診斷為過動兒的「飛魚」費爾普斯，歷經同學嘲笑、長輩貼標籤的童年煎熬，卻藉由游泳，找到自律自制的動力，成為史上最多奧運獎牌的運動員。近年，他又克服吸毒、酒駕等負面事件風波，坦然面對壓力，在二〇一六年里約奧運復出奪金。

或者像網球之王費德勒，二十座大滿貫冠軍的背後，他承認當自己輸球，會忍不住怒摔球拍，甚至氣得不想再打球，「但是五分鐘後，你會回來，把拍子撿起來，不認輸的說我要再打一次，努力是關鍵，超過五成的成功都來自於此。」

運動比賽沒有只贏不輸的道理，人生也是。失敗不只是成功的媽媽，也是我們最好的朋友、最誠實的老師、最熱血的讀本。人的心智往往就像橡皮筋，不能永遠拉長到極點，有時，挫折就像緊繃後鬆開，跳起後的蹲下，劇烈運動後的深呼吸。

當你撞牆時，只要心念一轉，高牆背後可能是開闊藍天。

谷底要翻身，學習沿途的教訓
林書豪

文／謝明玲
原刊載於《天下雜誌》五七五期，
二〇一五年六月
照片由路透社提供

二〇一五年，當老東家勇士隊拿下ＮＢＡ總冠軍，曾創下「林來瘋」狂潮的林書豪，卻陷入谷底。一直以來，職籃生涯起伏跌宕，林書豪卻保有內在對籃球的愛，勇敢面對巨大壓力與改變。

比初出茅廬更煎熬的，恐怕是曾經攻頂、卻顛簸起伏、必須從谷底再摸索出另條大道的旅程。

二〇一五年六月中，當老東家金州勇士隊後衛柯瑞（Wardell Stephen Curry II）在ＮＢＡ季後賽中神乎奇技的帶著團隊往前衝，奪得總冠軍時，ＮＢＡ球員林書豪正準備展開亞洲行。四月底到五月，他和朋友到聖地牙哥三週半，釣魚、玩水、放空自己。

這個賽季，他所屬的洛杉磯湖人隊表現創下近五十四年來最差紀錄，無緣季後賽，他的表現也時好時壞。他和媒體坦承感覺糟透了，甚至不想看季後賽轉播。

「這個賽季和我預期的剛好相反。如果不是最糟，也是我籃球生涯中的低潮之一，同時也是我，一個籃球運動員，表現最差的時刻，」二〇一五年元旦，當季後賽門票還沒最後底定，林書豪就在部落格上說，有時，阻礙讓他感到無助。

「那時，我嘗試要適應新的系統、新的團隊……，沒有一件事是我熟悉的。我不太確定我在團隊中的角色、或是該怎樣融入，」那年七月一日，他就要變為自由球員，未來還在未定之天。

思考賽事讓他失眠。信仰虔誠的他不斷和上帝說話、問問題：為什麼球賽不如預期？要怎樣可以更融合進團隊中？還有什麼要改善的地方？然後禱告、才得以平靜入眠。

二〇一四年七月，他才帶著創造精采一季的想法，從休士頓到了洛杉磯。後來事情的發展卻和預期不同。

過高的期待，讓落差變得更令人難受。

面對瞬間兩極的評價

世界目光齊聚的ＮＢＡ，是鑄造英雄雕像的殿堂，卻也是殘酷舞臺，勝負幾秒內翻盤，對球員的評價也可能瞬間兩極。

林書豪是ＮＢＡ少數的亞裔面孔。憑著對籃球的熱情，克服歧視的眼光，哈佛大學畢業後他勇敢闖入ＮＢＡ。

他一開始不在選秀會上受到青睞；進入金州勇士隊後，又曾三次被下放到發展聯盟，然後是被休士頓火箭隊簽下又釋出，進入紐約尼克隊，幾經波折。

直到二〇一二年二月四日，他因為替補受傷的隊員上場，三十六分鐘內拿下二十五分、七次助攻、五個籃板，成為紐約尼克逆轉比賽、勝過紐澤西籃網的關鍵人物。

那之後，他又六次帶領尼克隊取得勝利。一時之間，這個過去坐冷板凳的球員萬眾矚目，「林來瘋」（Linsanity）橫掃全球。

之後，他以極優的合約與薪水加入休士頓火箭隊。他在這裡第一次打完全賽季、也首次體驗季後賽，卻也在賽事結束後被交易至湖人隊，並在過去一季，承受膝傷，和不夠穩定的表現，以及與隊友、教練的融合之苦。

這期間，當許多人讚嘆他在職業殿堂的努力不懈和創造奇蹟，卻也有許多人嘲諷他的表現不過曇花一現，勝利只是運氣。

從二〇一〇年來上上下下的ＮＢＡ職業生涯，林書豪坦承，除了家庭、對籃球及上帝的愛之外，九九％的事情都變了。「我的環境、職業、人們看待我的方式、每天的生活，都不如以前簡單了，」

林書豪說，這些事情發展得太快，他被迫快速適應，一開始的確讓他困惑。

他曾在部落格坦承，儘管許多人會把他當成「學習的楷模」、「堅毅的故事」，「但我跟你們大家其實沒有不同，我會沮喪、會筋疲力竭、會燃燒殆盡、會覺得困惑、會想要放棄、會覺得自己不夠好。」

問他覺得自己還保有初出茅廬時的熱情嗎？「是的，我有，」停頓了一、兩秒，這個大男孩的聲音卻堅定清晰。

面對快速變化的外在世界，唯有不變的內在與核心，得以讓人安身立命。林書豪說，的確有時候會感覺熱情消退、甚至不再擁有熱情。但現在的他，依舊對球賽有著「很高很高很高」的熱情，期待著健身、練習，讓自己更好。「我就是愛籃球，」他很真誠。

最恐懼的是沒有持續進步

他曾在部落格文章中興奮的說，儘管曾在賽季結束時感到怠惰，驚訝於自己居然完全不期待季外訓練，但當長假結束，他卻發現自己這麼想念籃球、渴望回歸、等不及再開始訓練。

他說，自己是勇於改變的人。最恐懼的，是沒有不斷成為一個更好的人。

二〇一一年，當他還在金州勇士隊時曾說，「我認為，人在學會成功之前，必須先學會失敗。我人生有很多低潮，都化為許多美好事情的動力。沒有這些挫折，學習這些有價值的教訓，我沒有辦法享受、或是進入下一個階段。」如今再讀這段文字，面對更不確定的未來與更多可能的挫折，林書豪依舊擁有面對改變與挑戰的勇氣和動力。

哲斌大叔的 運動頻道

LIVE **SPORTS CHANNEL**

林書豪出生於美國加州，高中就嶄露籃球天分，入選加州高中明星隊。就讀哈佛大學時期，他因身材所限，一開始並不被看好，直到大三大四，才在高手如林的大學聯盟 NCAA 受到矚目，被 ESPN 評論員選為「最具天分的十二名球員」之一。

即使如此，林書豪畢業後參加 NBA 選秀，並未被任何球隊挑中。

後來，雖與金州勇士簽約，林書豪只能擔任替補球員，上場時間有限，且經常被下放二軍。接著，又接連被勇士及休士頓火箭釋出，直到 2011 年，紐約尼克因主將接連受傷，林書豪才抓住機會，大放異采。

換言之，林書豪的籃球生涯始終在逆境奮戰，始終在外界冷眼裡，創造自己的機會。他的弟弟林書緯，也進入職業籃壇，2015 年加盟臺灣 SBL 富邦勇士。

搜尋關鍵字 林書豪，林書緯，NCAA

輸球也是人生的過程之一
金華國中籃球隊

文／黃銘彰　攝影／陳敏佳

原刊載於《The Big Issue Taiwan 大誌雜誌》八九期，二〇一七年八月

近年來，在臺灣籃壇，國中畢業後赴美追逐籃球夢蔚為風潮。而二〇一二年畢業於臺北市立金華國中的吳永盛，可說是掀起這波潮流的先驅者；他不但是臺灣首位赴美的國中球員，後來更成為獲得美國「國家大學體育協會NCAA」[1]第一級球隊獎學金的第一人。在吳永盛之後，多位國中籃球好手如王律翔、林庭謙等相繼赴美，也同樣打出亮眼成績。而他們，同樣來自國中籃球傳統名校「金華國中籃球隊」。

二〇一七年，金華國中籃球隊一共有七十餘位球員和四位教練，其中，從二〇〇八年帶領球隊的總教練吳正杰，一直是這支國中籃球傳統勁旅的重要人物，他不僅帶領球隊在一〇〇及一〇一學年度完成「國中籃球聯賽」[2]史無前例的二連霸，獨樹一幟的訓練風格也讓球員更有餘裕的兼顧球技與學業。除了主掌球隊執行與運作的吳正杰外，尚有其他三位教練各司其職，首席教練徐仲毅，主要偕同吳正杰進行球技訓練；體能教練劉芃顥，專注於肌力與體能訓練以及運動傷害防護；另外，教練李育霖則負責影片剪輯與行政庶務，並協助低年級球員訓練。這般頗具規模的教練團組成與細緻的權責分工，在國中階段的籃球校隊中並不常見；而金華國中之所以有著這樣的配置，實則出自於吳正杰的宏觀考量，「在我的觀念裡，一個成功的團隊絕對不是單靠一個人，而要仰賴整個團隊的默契和協調。每個教練按照各自的專長去執行，對球隊來說比較好，大家也不會那麼辛苦。」

體能與球技並重，培養對身體的基本認知

在教練團的悉心規劃下，金華國中籃球隊平時的訓練相當扎實且完整。在臺灣的基層籃球訓練環境，相較於球技，體能這個領域有時並不特別受到重視。然而，這裡的情況卻不大一樣，不但有著具備相關專業證照的教練，體能訓練更與球技訓練的時間相當。「球隊早上通常會以體能為主，加上肌

力、敏捷和協調性的訓練；下午就以團隊練習為重，像是一些基本的戰術執行。」吳正杰如此解釋，「體能這塊是更專業的、更科學的；比起土法煉鋼，我希望能由專業的人來執行。第一，可以節省時間；再來，品質也會比較好。所以，我們就把時間規劃出來，讓劉教練負責這些該做的體能訓練。」

二〇一一年加入教練團隊的劉芃顥表示，他為球員規劃的訓練大致上分為兩個主軸，其一是肌群，另一是體能，亦即人體的能量代謝系統。除了要求球員確實完成訓練菜單，他希望也能透過練習的過程，將正確的體能與運動防護觀念傳遞給球員，「我會告訴他們我之所以提出要求的理由，例如『為什麼要跑三千公尺』、『受傷的第一時間該如何處理』等等。希望盡可能讓他們知道這些觀念，因為，雖然他們待在我身邊的時間只有三年，但我希望他們往後十年、二十年都能夠知道該如何自我精進、遇到狀況時該怎麼處理。如果越來越多球員重視這些觀念，體能跟防護這塊的知識自然可以發揮價值。」

如此兼顧實作與觀念的訓練模式，在這些年輕球員身上似乎產生了顯著的成果，總教練吳正杰表示，短期內或許不易看出成果，但若以更長的時間尺度觀察，確實能夠感受到球員的體能、肌力與敏捷性皆有一定幅度的提升。球員林宇謙分享道，「我覺得幫助很大！因為國小沒什麼在操，剛進來的時候體能算非常差；後來做了跑步，還有其他的訓練，體能有變得比較好，在場上的續航力也變得比較久。」目前在球隊擔任隊長的陳力生也表示認同，「要打好球，不可能只有球技而已，肌耐力跟體能那些都是要另外練的。不然體力不夠的時候，球技再好也沒有用。」

彈性的練球模式，增加學習的內在動機

金華國中籃球隊暑期下午時段的集訓聚焦在球技上，先是基本動作，緊接著戰術的實際演練。當教練一聲令下，球員隨即執行起教練的要求；若是做得不夠確實，往往會被教練點出來重做一遍。在球場上的兩個籃框之間，

球員順著指定的軌跡運著球，不斷來回跑動；而在等待其他球員完成動作的空檔，甫做完的球員也沒閒著，高年級的球員自發的各自看著學弟的執行狀況，見到明顯的錯誤時也會不吝協助糾正；低年級的球員也個個抓緊時間，仔細觀摩與學習。

相較於傳統籃球隊伍的訓練時程，這些金華小將的練球時間並不長，有時候甚至一天僅有兩小時，即便是暑假期間也僅至多四小時。吳正杰透露，這種有別於傳統的訓練模式，其實源自於他過去自主進修及參與研討會的心得，「美國的國高中球隊有一套模式，強調自主訓練、不會把時間定得很死。」這樣偏「美式」的練球風格，經過他的吸收及轉化後，帶進了這支北臺灣的國中籃球傳統勁旅，「我們通常會在球場關閉的前一個小時，甚至更早，就結束練習。也就是，如果球員覺得自己哪些地方不足，可以利用剩下的時間自我加強；星期六、日也不練球，如果想要自己加強，當然也可以安排自主訓練。」他將球技視如一門學問，如同學生對於知識的熱忱往往來自於師長的循循善誘，球技同樣需要透過教練有系統的引導來啟發球員，以創造他們不斷追求進步的動機。「這種自發性的學習才是最難得的。一再的壓榨，或者強迫孩子去做不想做的事，長久來看，肯定沒辦法達到成果，有時甚至會是揠苗助長。」

重視品行與學業，為未來創造更多可能性

這種取經於美國球隊的帶隊風格，除了彈性的練球時間，還表現在對於品行和學業的要求上。「我們的原則是，品德教育最重要，第二是學業成績，最後才是球技。無論是行為常規沒有達到要求，或者學期成績平均未達到七十分，都一律取消報名聯賽十二人名單的資格，球技再好也一樣。」吳正杰明白的說，「做人處事的基本道理是一輩子的，這個一定會要求。」那麼，為何對於學業特別要求呢？以球員長遠的生涯發展觀之，他認為學習的習慣和知識的累積是非常重要的，尤其在臺灣，運動員的運動生涯通常並不長久，

他希望這些球員能夠擁有第二專長，提早為未來做好準備。「我從小到大也跟他們一樣，一直在打球，很少被要求成績；結果出了社會，才發現自己的底子跟所謂的聯考生真的有差。」他以自己的經驗為例，「我不希望我帶出來的孩子之後考試成績跟別人有落差。」而他也坦言，現實的狀況是，在國高中的籃球隊裡，絕非每一個球員最終都能成為籃球選手，且球員永遠不會知道自己將會在哪個階段被淘汰，因此，擁有基本的學業知識，始能及時適應不一樣的生活，甚或為自己開創一條選手以外的道路。

在學業先於球技的原則下，教練團也為球員規劃了盡可能讓他們能夠兼顧書本與籃球的訓練時程。若是以年為尺度，球隊以每年的首要目標「國中籃球聯賽」作為基準，聯賽結束後到六月為「過渡期」，一天只安排兩小時左右的練球時間，希望能讓球員有更多時間加強課業；七到九月的暑假則為「準備期」，每天練球時間約四小時；而九到十一月為「比賽前期」，每天練球約三小時；十二月過後就是「比賽期」，時數會提升至三個半小時至四小時。如果以一天而言，除了固定的練球時程，他們一樣少不了大量的上課與自習時間。體能教練陳芃顥就表示，即便是暑假期間，早上練完體能後，球員回到教室之後，班級導師通常都會安排他們複習課業。隨機詢問了幾名球員，他們大部分自認上課還算認真，回家後也幾乎都會花時間念書。

由於近年來子弟兵紛紛前往美國追夢，吳正杰有感於選手的語言能力時常造成他們適應環境的困難，因而對於英文這個科目格外重視，特別是對於那些有機會走上旅美之路的球員。備受各界關注、極具籃球天賦的球員陳將双，便是這樣的例子。期盼能在二〇一七年夏天協助陳將双飛越太平洋實踐夢想，吳正杰自二〇一六年開始就為他量身安排每週兩次的英文課程，希望能夠讓他的英文實力快速提升，順利與美國的語言環境接軌。而陳將双對於未來旅美的挑戰，也抱著滿滿期待，「有機會的話就到國外挑戰看看啊！」

鼓勵球員赴美追逐籃球夢

對於眾多優秀的球員相繼旅美，吳正杰非但樂觀其成，也鼓勵球員勇於嘗試。他說，其後的原因有二：首先，國中畢業後即出國就讀高中，將有助於達到申請大學基本的入學標準，「美國的高中大多對於上場球員的課業成績有所要求，加上相較臺灣高中更加彈性的練球時間，會讓孩子在課業上保有一定的水準。」再者，提前面對美國球員身材的高度與厚度，將有助於身體適應不一樣的傳球角度、高度和時間。而體能教練劉芃顥則指出，在營養攝取上，臺灣與美國的環境也有著很大的差異，「大部分臺灣的球隊花太多時間訓練，球員根本還來不及攝取足夠的營養，或者肌肉來不及恢復。這或許就是我們的高中生和國外的高中生身材落差這麼大的原因之一。」

無論是首位以國中球員身分赴美的吳永盛、二〇一七年成功進入國家大學體育協會NCAA一級大學的王律翔，還是在美國高中籃壇表現搶眼的林庭謙，不時都會利用回臺時間到母校指導學弟，分享在國外的經驗。這樣子的傳承，除了為球隊帶來更多元的訓練思維，也讓這些小選手擁有更具體的追尋目標。「那種要求自己的精神跟態度是很重要的，」見證旅美好手吳永盛一路上的成長，劉芃顥認為其極高的自我要求扮演了關鍵的角色，「吳永盛國中的時候也是瘦瘦的，但他讓我印象深刻的是，到美國讀高中和大學之後，每次回學校都看到他不斷變壯，體重更是每年都增加五公斤左右。國中可能只有六、七十，現在應該八、九十公斤了吧。」除了幾位旅美好手，越來越多金華國中籃球隊出身的球員也在各個層級的籃球賽場，甚至是籃球以外的領域嶄露頭角，不斷讓在校的學弟備受鼓舞。而作為總教練，吳正杰也會持續追蹤畢業球員的生涯發展，同時必然對目前隊內的球員有所期待，「我們儘量提供他們資源，但未來如何還是要看自己啊！」

從比賽過程中學習，儘量爭取好成績

近年在國中籃球聯賽拿下三座冠軍的金華國中籃球隊，在一〇五學年度的賽事中，先是以預賽及複賽全勝之姿晉級，進入決賽後卻意外連吞兩敗，最終只能落入第五名至第八名之爭。「我那時跟孩子說，『打到冠軍，很了不起，但是更了不起的是，遇到那麼大的挫敗之後，可以迅速調整心態，把後面的比賽一場、一場打好。』後來，他們做到了。看到他們這麼爭氣的表現，心裡覺得很欣慰。」吳正杰認為，雖然第五名這個名次差強人意，但選手最後的表現讓他感到甚為驕傲。「比賽那幾天，我有感覺到球員的壓力滿大的，尤其是即將畢業的幾個主力。」首席教練徐仲毅回想，「但比賽就是會有勝負，輸球也是人生的過程之一，走過就在下個階段繼續努力。」

在一〇五學年度聯賽的十二名代表之中，有著林宇謙、陳力生、陳將双、羅世恩等四位當時國二的球員；升上國三後，他們再度披掛上陣，試圖帶領球隊重返榮耀。問起對於聯賽的目標，所有球員幾乎都毫不猶豫的回答「冠軍」；而總教練吳正杰也對這批選手頗有信心，「我們每年都算強隊，進八強、再進四強應該是沒什麼問題。但我也沒辦法判斷孩子當天比賽狀況會是怎麼樣。那就循序漸進吧，先鎖定八強，再來四強，最後就是冠軍。」在國中籃球的最高榮譽前，他雖然不免感到在意，但仍未忘了身為一名教練的職責，他一再強調，絕不會為了爭取冠軍而過度訓練，「因為比起短暫的現在，我們更在乎長遠的未來。」[3]

註1：國家大學體育協會（National Collegiate Athletic Association，NCAA）第一級球隊一共六十八支，每年三月在全美影響力最大的體育賽事之一「NCAA一級男子籃球錦標賽」爭奪美國大學男子籃球全國冠軍。

註2：國中籃球聯賽（Junior High School Basketball League，JHBL）是每年最大的國中校際籃球運動聯賽，分為男子國中籃球與女子國中籃球兩項。

註3：金華國中籃球隊於二〇一八年四月十五日，在國中籃球聯賽決賽中拿下冠軍，再度創下佳績。

哲斌大叔的 ▶ 運動頻道

LIVE　　SPORTS CHANNEL

作為臺灣校園最普及的球類運動，籃球是無數學生的汗水青春夢，無論是瓊斯盃或 SBL 的本土熱潮、陳信安或田壘的 NBA 挑戰、林書豪的跨海旋風，勾動一代又一代的年輕熱情，烈日黑夜在三分線外寂寞練投，或在籃下禁區鬥牛灌籃。

金華國中曾培育出吳永盛、王律翔等無數人才，教練吳正杰讓人印象深刻的幾件事，一是不迷信魔鬼操練、強調自主練習；二是注重品格與學業，不希望球員因球技而扭曲自我；三是不以輸贏論定成就，灌輸學生「有輸有贏，遇到挫折就調整心態，打好下一場」的正向觀念。

長期以來，校園體育發展有時背負太多「大人的期望」，導致競賽文化畸形發展，金華國中籃球隊的故事提醒我們，運動比賽的原型是「遊戲（game）」，高度競爭背後是樂趣、合作、自我超越。

搜尋關鍵字　籃球，SBL，金華國中

成功沒有不勞而獲，只有實至名歸

陽岱鋼

文／杜易寰

原刊載於《天下雜誌》五七五期，二〇一五年六月

照片由美聯社提供

講到他，不外乎是超夯選手、娶美嬌娘、好爸爸，運動員版的「人生勝利組」絕非偶然。他的今天，要從鏡頭捕捉不到的二〇〇三年說起。

二〇一三年世界棒球經典賽，對陣荷蘭的一發全壘打、對陣韓國一次不顧危險的頭部撲壘，陽岱鋼身穿中華武士藍的帥氣身影，深深烙印在球迷心中。該年，陽岱鋼在日本職棒大放異采，擊出了十八發全壘打，還有四十七次盜壘成功，奪下太平洋聯盟的盜壘王。

二〇一四年，陽岱鋼更上一層樓，在缺賽十九場的情況下，還擊出生涯最多的二十五發全壘打，連續三年獲得太平洋聯盟金手套獎，日本火腿隊的監督栗山英樹稱讚陽岱鋼為「日本第一的中外野手」。

驚人的成就背後，其實是數不清日子的苦練。

一句「不認輸」苦撐三年

國中畢業後，陽岱鋼追隨哥哥的腳步，來到日本福岡第一高校，成為棒球留學生，練球時卻受到深深的挫折。

「日本選手的基本功非常好，」陽岱鋼回憶，初來日本時，日本選手可以輕易做出來的動作，自己怎樣都做不到。球技不如人、語言不通，也不習慣日本文化。處在這種高強度的競爭環境，就已經夠辛苦了，但二哥陽品華（原名陽耀華）的存在，讓陽岱鋼的壓力更是雪上加霜。

當時高三的陽品華是球隊的王牌投手，不但球速經常飆破一百四十公里，還身兼球隊的當家第四棒。「二哥的成績非常非常好，」陽岱鋼說，「我不想讓他丟臉，讓人家覺得哥哥都辦得到，弟弟怎麼是這樣。」

無論如何都不想低頭認輸的信念，支撐著陽岱鋼度過每一天的苦練。早上五點起床，練球到八點後開始上課，三點下課後，再持續練球到十點，其他隊友休息後，陽岱鋼還持續自主訓練，就是為了要盡快跟上腳步。

「文化、語言不通，就只能靠球技來讓大家看到我，」陽岱鋼堅定闡述自己的信念。要迅速彌補實力的差距，付出的代價就是對自己幾乎不近人情的要求。和陽岱鋼情同父子的高中教練平松正宏，知道他想要打進職棒，有一天就告訴他，「只要守住我給你的三個條件，你一定會是一個好選手。」

一，不能放假，放假也要練球；二，不能帶手機；三，不能交女朋友。

這三個條件對一個十六歲的青春期男孩，何等困難，但陽岱鋼咬牙撐了過來，「我來日本不是來玩，是來學習棒球的。」陽岱鋼坦言，這三年的確很少快樂的時間，但為了自己所愛的棒球，他從未違反與教練的約定。

「出國是想要留下一些東西，這才是我出國打球的意義，」陽岱鋼回憶當時的心情，「我既然來了，就一定要闖出名堂，不然我不回去。」

憑著這股不服輸的毅力，陽岱鋼在日本闖出了名聲，高中三年一共擊出三十九發全壘打，被日本體壇大報《日刊體育》評選為該年高中最強游擊手，「十年難得一見的逸才」，還同時被福岡軟體銀行鷹及北海道日本火腿鬥士兩隊第一指名，最後火腿隊幸運抽中，陽岱鋼也因此加盟火腿隊。

最差，所以更要練到贏

風光加盟職棒，沒想到是另外一連串挫折的開始。職棒的強度和高中棒球完全不同，陽岱鋼回憶，即便在二軍，也看見許多比他強的選手，深深被職棒的強度震撼。

高中生越級打職棒的困難直接反映在成績上。二〇〇五年加盟火腿，陽岱鋼卻直到〇七年才有在一軍出賽的紀錄，成績也不理想；接下來的兩年，打擊率甚至不到兩成，有四分之一的打擊遭到三振，誇張的被三振率，還被球迷取笑，封了個「K鬥士」的綽號。

打擊不佳也就罷了，但連基本功的守備，陽岱鋼也遇到了瓶頸。游擊手是內野防守的靈魂，但陽岱鋼卻一再發生失誤，當時的火腿隊總經理山田正雄就曾不解的說：「為何我們期待的游擊手總是在簡單的滾地球暴傳？」

自己成績不佳，外力也來攪局。原本成績不佳的游擊前輩金子誠，卻在二〇〇九年打出了生涯最佳成績。當時的陽岱鋼被二軍教練要求轉守外野，對曾經被譽為「高中第一游擊手」的陽岱鋼來說，這是何等的屈辱？

陽岱鋼妻子謝宛容曾回憶，當時陽岱鋼前所未見的失落表情，讓她一度以為兩人的棒球夢要結束了。

但陽岱鋼還是不服輸，「為了搶一個位子，為了有一個舞臺，要我守哪都可以。」一般人記得的是自己的英雄時刻，他卻偏偏自虐的把自己失誤的樣子烙印在腦海裡，為的就是要告訴自己還需要更努力。

「練習的時候，我總會跟自己說我是全隊最差的，因為我差，所以才要練，我要贏過他們，」陽岱鋼說。

終於，在二〇一〇年季末，陽岱鋼站穩了一軍，此後的成績一年比一年進步，不但快腿發揮，期望已久的長打火力也終於出現，和隊友中田翔組成的三、四棒連線，已經是太平洋聯盟投手最怕遇到的組合之一。

在場上，陽岱鋼的拚勁為他贏得了廣大的球迷，火腿球團還為了他舉辦「岱鋼日」特別活動，知名旅日選手郭泰源也稱讚說，「以前球團沒有幫我辦過這種活動，可見日本火腿隊對陽岱鋼的器重。」

雖然成為日本職棒的明星，年薪破億日幣的「億元男」，但陽岱鋼仍然保持著非常謙遜的態度。

二〇一三年世界棒球經典賽，中華隊淘汰韓國，賽後中華隊繞場遊行經韓國加油區時，有球迷發現陽岱鋼默默脫帽鞠躬，向韓國球迷答禮致謝，這漏網的鏡頭，也顯現了陽岱鋼的風度。

有人說過，棒球是失敗的運動，因為再好的打者，上場十次也只有三、四次可以擊出安打，但也正因為如此，棒球員總是一再要求自己，因為總有進步的空間。

回首陽岱鋼的棒球生涯，或許就像棒球帶給他的體悟，「成功沒有不勞而獲，只有實至名歸。」

哲斌大叔的 ▶ 運動頻道

LIVE **SPORTS CHANNEL**

1980年的高英傑、李來發打開了旅日棒球大門，在臺灣沒有本土職棒、美國大聯盟又略嫌高遠的年代，日本是國內棒球好手向上挑戰的競技場，「二郭一莊（郭源治、郭泰源、莊勝雄）」曾在日本棒壇聯手寫下佳績。

陽岱鋼出身臺東棒球家族，叔叔陽介仁曾是臺灣職棒味全龍的早期元老，低肩側投的刁鑽球路堪稱經典。哥哥陽耀勳、陽品華先一步投入棒壇，陽岱鋼本人則在臺東新生國中畢業後，前往日本棒球名校福岡第一高校就讀。

成為棒球界的「小留學生」，陽岱鋼提早經歷旅外球員的艱辛，語言、飲食、文化的適應，加上球技的琢磨鍛鍊，內心的孤寂與焦慮，外界很難體會。球場上，陽岱鋼從「高中第一游擊手」，突破初入職棒的「K鬥士」低潮，躍為人氣球星兼金手套中外野手，見證了他的異國奮鬥史。

搜尋關鍵字 陽岱鋼，旅日棒球，臺東新生國中

永不放棄的過動奧運金牌
費爾普斯

文／李宜蓁
原刊載於《親子天下雜誌》二期，
二〇〇八年十月，
二〇一六年八月增修
照片由路透社提供

歷經酒駕醜聞、短暫退休後，美國知名泳將麥可．費爾普斯（Michael Fred Phelps II）二〇一六年里約奧運以三十一歲高齡復出，在多項游泳項目再度奪金，成為奧運史上奪金數最高的選手。費爾普斯九歲時被醫生判定為過動，面對這殘酷的事實，他的母親黛比（Deborah Sue "Debbie" Phelps）是用什麼方法，幫助他成為今日叱吒世界泳壇的健將？

二〇〇八年八月十四日，北京奧運水立方體育館正進行男子二百公尺蝶式決賽，美國名將麥可．費爾普斯在最後一百公尺蛙鏡不慎進水，眼前霧茫茫一片，他居然還能率先觸壁，搶下第一。最後，當時二十三歲的費爾普斯在奧運中一共奪下八面金牌、刷新八項世界紀錄，成為京奧最不可思議的驚嘆號！爾後，歷經一些事件，二〇一六年費爾普斯以三十一歲之姿再次出發，參賽里約奧運游泳項目，並奪得多項金牌。

媽媽和姊姊　從沒放棄過他

叱吒泳壇的費爾普斯每每在奪下金牌後，都會深情望向看臺上的媽媽和姊姊，因為她們不曾放棄十四年前那個讓人頭痛不已的過動兒，才造就今日的他。

在費爾普斯八歲、尚未被診斷出患有「注意力不足過動症」（ADHD）之際，母親黛比與先生離異，獨力撫養三個兒女。她回憶小時候，費爾普斯整天不是騎車繞圈圈，就是掛在單槓上像小猴子爬，體力過人，「要是我不加制止的話，他大概可以玩二十四小時。」等費爾普斯上幼稚園和小學，黛比常接到老師關切電話，說費爾普斯在學校沒一刻坐得住，老愛搶同學作業本，使勁對同學傻笑、用手肘推人想引人注意，讓老師大傷腦筋。

有次同學在校車上取笑他的大耳朵，費爾普斯出手打人，因此被禁坐校車好幾天。黛比起初不以為意，「小男孩嘛，總是精力充沛。」直到費爾普斯九歲那年，正式被診斷出患有ＡＤＨＤ，她的人生遭受重重一擊。費爾普斯的小學老師曾對黛比說，「這件事麥可做不來！」她腦中只有一股想證明所有人都錯了的衝動。

用創意　引導他投入喜歡的事

黛比帶費爾普斯積極尋求醫療協助，因此他開始在上學日服用中樞神經興奮劑利他能（Ritalin），幫助他上課時專注；週末或假日就不吃，由黛比全心全意陪他做行為矯正治療。經由黛比努力不懈的學習，尋求專業建議，她知道ＡＤＨＤ的孩子需要的絕不只是藥物控制，還得為他量身打造一套生活作息，用創意引導他認真投入自己喜歡的事，從中挑戰自己、建立自信與勇氣。她堅信，只要和兒子一起努力，就能完成任何他想做的事。

黛比是個相當懂得運用策略和創意的過動兒母親。她觀察到，兒子在校成績平平，然而體育項目和需要動手做的科學實驗課卻表現優異，因此當兒子抱怨不想念書、討厭算數學時，她拿報紙的運動版或找運動相關書籍給兒子看，拜託代數家教把運動元素融入教學裡，比如問他，「假使每秒可游三公尺，游完五百公尺要花多久時間？」來引導他算數學。課外時間黛比帶費爾普斯嘗試各項運動，包括打籃球、曲棍球和游泳。費爾普斯那時天天拿著曲棍球桿跑來跑去，黛比一度以為他會從此愛上曲棍球，「但他一打球就滿場飛，停不下來，顯然不太適合。」

運動細胞　遺傳自警察父親

在費爾普斯被診斷患有ＡＤＨＤ之前，他的兩位姊姊早就展現游泳天分，當時十五歲的二姊惠特妮（Whitney Phelps）已是全美分齡蝶式冠軍，長泳健將的大姊希拉蕊（Hilary Phelps）則曾說：「費爾普斯剛開始學游泳時，說他不要把臉弄溼，所以媽媽請指導員先教他仰式。」費爾普斯似乎遺傳了警察父親的運動細胞，無論仰式、自由式或蝶式，沒一樣不拿手，參加比賽頻頻拿獎。而且為了上場比賽那三、四分鐘，他可以乖乖坐著等上四小時，展現了驚人的專注力。

就在此時，十歲的費爾普斯開始厭倦每天中午必須到保健室報到吃藥的例行公事，這種「異於常人」的感覺讓他很不自在，於是向媽媽提出停藥要求。黛比心中雖有百般疑慮與不安，但在請教醫師意見後，她卻轉為支持並相信費爾普斯的決定，讓兒子和自己站在同一陣線面對ＡＤＨＤ，而不只是把他當病人。兩位姊姊也和媽媽一起建立弟弟的作息表，為他的飲食把關，儘量減少糖分的攝取，從生理和心理面給他充分關照與支持。

對抗ADHD全家齊力同心

在全家齊力對抗ＡＤＨＤ過程中，費爾普斯在校偏差行為仍是黛比需要面對的問題，她選擇和學校合作而非對抗的方式。老師向她反映費爾普斯上課愛亂跑、搶同學作業本，黛比請老師將兒子安排在角落位置上，授權老師管教。然而，要是遇上那種沒耐心又亂貼標籤的老師，黛比也會出言挑戰，「請告訴我，你用了哪些方法試著幫他專心？」

在費爾普斯游出興趣後，黛比帶他四處比賽，緊湊的訓練表與比賽，讓費爾普斯逐漸展現自律能力。為了最愛的游泳訓練，每天費爾普斯必須在相對短時間內完成作業，他也成為自己的時間管理決策者之一，只要他有效率完成A，就能有更多時間去做B。從他十四歲起，每週固定游泳訓練大約七十公里，從未間斷。

有一年母親節，外婆特地早起趕他去游泳，「要是不游，我怕他會生病，」外婆說。就連聖誕節起床第一件事，也是去泳池報到。平常泳訓空檔，費爾普斯生活就是觀看自己轉身的錄影帶，研究如何游得更快，不然就小睡片刻，或重複唸著亞當山德勒的電影臺詞，再單純不過。

母子之間　用獨創暗語建立互信

黛比平常會用些獨創暗語跟兒子建立互信基礎，給他充分安全感，「例如我用手比C，代表安定你的心（compose yourself），他去比賽時，我就在看臺上比C，給他打氣。」黛比有次煮飯時顯得很煩躁，費爾普斯也貼心的送了一個大C給媽媽。平常他們開車四處比賽時，黛比會找機會告訴他什麼是運動家精神，強化他的得勝決心。「不過，當其他選手在比賽空檔找時間休息時，他卻常常一個人跑回旅館房間，在床上跳個不停，直到十四歲才改掉這個習慣，」黛比說。

就算費爾普斯再怎麼喜歡游泳，也有情緒起伏的時候。他不耐煩時會把蛙鏡給扯爛，用力往池邊摔。從費爾普斯十二歲起就擔任他個人教練至今的鮑柏．包曼描述，「有時他會像小孩子一樣耍任性，不過一進入比賽狀態，他就一心只想著要贏。他的腦袋好像有個計時器，要是我告訴他前五十公尺必須在二十四秒六以內完成才可能破紀錄，計時器設定好，他就會準確的在時間內游完。」除了持續不斷的努力，包曼認為，費爾普斯過人天分是他超越常人的利器。有人形容他根本是完美的游泳機器，身上唯一不符合流體力學的就是那雙大耳朵。

把短處變長處　建立自信心

多年後的今天，黛比以無比信心和耐心，充實自我醫學常識，運用策略與創意，向費爾普斯的小學老師證明了，她兒子確實有能力專注做好一件事，那就是游泳。黛比認為，ADHD的孩子天生熱情又有創意，只要能灌輸正面的力量，找到過人長處，建立自信，點燃熱情，同時組織強而有力的家庭支援系統，與醫師和老師合作，把孩子們的短處視為長處，他們可以像一般孩子擁有偉大的夢想，並真正去實現。她說，「費爾普斯比較好運，早早就找到了自己的最愛。」不過，費爾普斯更幸運的是，擁有黛比這樣全心付出的母親。

哲斌大叔的運動頻道

LIVE **SPORTS CHANNEL**

「飛魚」費爾普斯是個具備多重啟發性的故事，除了克服過動症的困擾，他在游泳池裡的專注與韌性，讓他締造 28 枚奧運獎牌的單一運動員紀錄，其中 23 面是金牌，也創下奧運紀錄。

他的游泳教練鮑柏・包曼寫過一段故事，2004 年雅典奧運前，剛滿 18 歲的費爾普斯在公開場合碰到一位女士，對方無禮質疑費爾普斯蝶泳的能力。兩個月後，他在奧運蝶泳 100 公尺後來居上，不但奪得金牌，同時打破奧運紀錄，賽後，費爾普斯告訴教練的第一句話，就是他終於以成績反駁那位女士。

12 年後的里約奧運，年逾 30 的費爾普斯歷經吸食大麻、酒駕的人生低潮，再添五金一銀，寫下泳壇傳奇，他也是七項個人及團體世界紀錄的保持人。

搜尋關鍵字 費爾普斯，過動症，蝶泳

選秀狀元、更生人、終結者的三合一人生

麥特・布希

文／黃哲斌
二〇一八年三月
照片由美聯社提供

麥特是幸運的，因為他圓了大聯盟夢想，有了自己的家庭；麥特也是不幸的，因為在年少意志不堅之際，他就享有無法駕馭的金錢與名氣，連帶讓無辜者受害。他的曲折際遇告訴我們，人性有時脆弱、活著有時艱難，而年輕心靈的恐怖敵人，往往是虛榮、誘惑，以及自己。

他是才華洋溢的十八歲少年，高中參加棒球校隊，投打守均優。當他揮棒，打擊率超過四成五；當他投球，球速超過一百五十公里；當他守游擊，最刁鑽的守備位置也難不倒他。因此，高中一畢業，他就成為大聯盟選秀狀元，簽約金近一億新臺幣，被視為無可限量的新秀。

他是前科累累的酒駕肇事者，酒後打架、攻擊路人，開車撞傷七十二歲老翁，事後加速逃離現場。經法院判決，入監服刑三年多；當他出獄，已經年近三十歲，身無分文，一事無成，酒癮、罪惡感、社會壓力，黑暗的心理深淵等著他，媒體也等著看他是否再次墮落。

他們都是麥特．布希（Matt Bush），一度是美國職棒界的超級新星，也曾是惡名昭彰的無賴廢材，行走在天堂與深淵之間的邊緣人。

麥特．布希在聖地牙哥出生長大，青少年時期就被視為全能棒球天才。二〇〇四年，擁有第一指名權的聖地牙哥教士隊，出自公關及財務考量，跳過投手韋蘭德（Justin Verlander）等潛力新人，選中麥特這位家鄉小孩，簽約金三百一十五萬美元，高居隊史第二。

這位剛滿十八歲的億萬富翁，一夕之間躍為地方媒體與運動頻道的焦點人物、聖地牙哥的青年標竿，高中母校隨即退休他的背號。

金錢、名氣、虛榮是一張血盆大口，立刻無情吞噬他，簽約兩週後，他就在夜店酗酒、與保鑣打架，還未開季就被禁賽。解禁後，他在低階小聯盟的打擊率只有一成多，壓力一來，他變本加厲，狂飲爛醉，或狂刷LV等豪奢品，他不斷砸錢買高貴名車，Land Rover、賓士、賓特利一輛接一輛，大多開不到一千英哩。

而且，酗酒讓他發福，在小聯盟三年，他累積打擊率點二一九，失誤七十六次比打點還多。球團乾脆讓他改練投手，麥特能投速球、滑球、曲球，棄打改投似乎是個好主意。他一出手就飆出九十八英哩（一百五十六公里），曾在七點一局裡三振十六名打者，球團準備晉升他。就在此時，他的右手韌帶受傷，只好動了 Tommy John 手肘韌帶置換手術。

復健期間，麥特因心情低落，在一處校園以高爾夫球桿攻擊兩名高中生，教士決定釋出他，多倫多藍鳥隊將他撿走，並訂下「零容忍政策」。他生平首度遠離家鄉，父親陪他春訓幾星期，當父親離去，他感到無比孤單、低落、恐懼。

於是他故態復萌，酒醉、晚起、趕不上訓練，在派對裡拿棒球擲傷一個女生，球季還沒開始，藍鳥就放棄他。他回到聖地牙哥，戒酒，釣魚，打籃球，但為時不久，狂醉在街上鬧事，揮舞皮帶抽打路過車輛，挑釁叫囂「我是麥特・布希！」直到路人報警，把他抓進拘留所。

這次短暫拘留嚇到他，他再度懺悔，決心戒酒。他那夜的醜態被旁人錄下來，上傳YouTube，麥特從來不敢看，他說：「我只想上YouTube，看看有沒有人拍下我投球的影片。」

後來，坦帕灣光芒隊簽了他，相信他已徹底自新。二〇一一年，他進入四十人名單，在小聯盟2A投球五十點一局，三振七十七人，球團很滿意，決定讓他升上3A，相信他很有機會上大聯盟，相信他會是另一個浪子回頭的勵志故事。

眼看自己一步一步重上軌道，眼看大聯盟之路越來越近，有天，麥特向隊友借來休旅車，從集訓中心開回距離僅一公里的住處。當時他已數月滴酒未沾，心想，小小慶祝一下，應該無傷大雅，於是在加油站買了幾罐啤酒，在車裡一飲而盡；接著，他又開車到雜貨店，買了一堆迷你瓶烈酒，「就當作最後的狂歡」，他如此自我催眠。

此時，他已離家近百公里，幾乎失去清醒意識，不久後，開車撞上一名七十二歲的機車騎士，心慌逃逸時，輾過對方頭顱，雖然傷者頭戴安全帽，仍舊顱內出血、脊椎八處碎裂、肋骨斷了十二根，陷入昏迷，急救後總算保住生命。

麥特在幾公里外被捕，因無照駕駛、酒後駕車、過失殺人未遂再度入獄，陪審團開出一百萬美元的保釋金額，但他銀行帳戶裡只剩兩千美元。最後，他被判刑五十一個月，十年內不准駕車；被害人求償百萬美元，最後以二十萬美元和解。

他被關進佛羅里達州的監獄，球隊開除他、經紀人放棄他、女友停止寫信給他，家住西岸的父母無力負擔機票費用，不曾前去探監，只能打電話給他。他服刑期間，唯一申請探視的是一名紀錄片導演，打算拍攝一部關於酗酒的影片。

服刑三十九個月之後，麥特獲得假釋，被安置在中途之家，腳踝戴著電子腳鐐，確保他不會逃跑；他白天在一家餐廳工作，時薪八美元，下班後在餐廳停車場練投，球速仍有九十五英哩，就在那裡，他通過大聯盟遊騎兵隊的試投，獲得人生的第四次機會。

二〇一六年初，麥特進入遊騎兵隊小聯盟，合約明定他不准喝酒、不准開車，而且他父親必須全程陪伴參加春訓，晚上同住就近監護。他父親丹尼是聖地牙哥社區學校的校工，幼年曾受繼父虐待，不准他參加棒球隊，因此，麥特的運動天分讓他深以為傲；半世紀後，父子成為遊騎兵營隊的奇特景象，三十歲青年在老父陪同下，與一群十八歲初階球員參加春訓。

就這樣，離開球場近五年的麥特，一面努力重建職業棒球生涯，一面對抗酒癮及內心魔鬼，他每週參加戒酒聚會，偶爾情緒低落，試圖尋求慰藉之際，他第一個動作不再是去拿酒瓶，而是拿手機求助，家人朋友在電話另一頭陪他聊天，支持他走過低潮，包括他剛結識的新女友克萊兒。

二〇一六年五月，麥特被升上大聯盟，擔任救援投手。首度登板是球隊落後的九局上，他投出十七球，其中十球超過九十六英哩，成功封鎖藍鳥隊三名中心打者，雖然無關勝負，卻是他站穩大聯盟的第一步，那天距離他榮登選秀狀元，已時隔十二年，他不再是那個盛氣凌人的強打少年，而是投手丘上的更生人。

他將大聯盟初登板的紀念球，送給女友克萊兒，上面寫著，「別忘記，我們一起做到了。」

二〇一六年，牛棚投手麥特出賽五十八場，七勝二負，自責分率是優異的二點四八。二〇一七年，他一度升任為球隊終結者，擔當第九局守門重責，雖然因肩傷困擾，球季上場五十七次，自責分率上升為三點七八，但他的九十七英哩速球，搭配滑球與曲球，仍是球隊重要的救援人選。

二〇一七年球季結束，他動了肩膀關節手術，努力復健，為來年準備。此外，他與女友克萊兒步入禮堂，連同妻子的棕色愛犬「卡魯哇」住在一起，卡魯哇（Kahlúa）是一種墨西哥咖啡甜酒，也是麥特現在與酒精的唯一牽連。

麥特．布希是個漫長、進行中的故事，他擁有非凡天賦，擁有家人支持，擁有重新開始的人生機會。但他的故事，很難說是「快樂結局」，因為沒人知道，他是否會再度軟弱、屈服、自暴自棄，再度跌入欲望深淵。

而且，那位車禍重傷的受害者，雖然已公開原諒他，但不願接受麥特當面致歉的請求，因為麥特獲得自新機會，那位受害者卻傷痛纏身，終生無法痊癒。

麥特接受媒體訪問時，強調他永遠無法原諒自己，無法忘記他對受害者及自己家人造成的傷害；他現在能做的是，謹記教訓，保持清醒，努力工作，讓家人以他為傲，不要再重蹈覆轍，不要再傷及他人。

麥特是幸運的，因為他圓了大聯盟夢想，有了自己的家庭；麥特也是不幸的，因為在年少意志不堅之際，他就享有無法駕馭的金錢與名氣，連帶讓無辜者受害。他的曲折際遇告訴我們，人性有時脆弱、活著有時艱難，而年輕心靈的恐怖敵人，往往是虛榮、誘惑，以及自己。

至於麥特在投手板上的每一球，同時大聲提醒我們，萬一犯錯，萬一跌跤，也不要放棄自己，不要放棄每一個珍貴機會。認真活著，誠實面對自己，即使看似人生絕境，也可能驚險走回坦途。

哲斌大叔的 運動頻道

LIVE　　SPORTS CHANNEL

文中提到，麥特．布希因右手肘韌帶斷裂，進行俗稱 Tommy John 的韌帶重建手術，這種手術大多發生在投手身上，醫生會將受傷手肘的尺骨韌帶，以另一隻手臂或大腿韌帶替換。

手術名稱的典故，緣自 1974 年第一位接受這種手術的大聯盟名投 Tommy John，至今已普及於棒壇，臺灣投手郭泓志旅美期間，就曾進行兩次韌帶手術。

此外，職業運動因壓力極大，不少選手曾有酗酒問題，最知名的是遊騎兵隊的漢米爾頓（Josh Hamilton），他曾追平單場四發全壘打的大聯盟紀錄，卻因酒癮及傷病問題，在職棒圈載浮載沉；2015 年底，洋基投手沙巴西亞（CC Sabathia）也公開坦承有酗酒問題，尋求專業治療後，成功復出，延續棒球生命。

搜尋關鍵字 Tommy John，Josh Hamilton，郭泓志

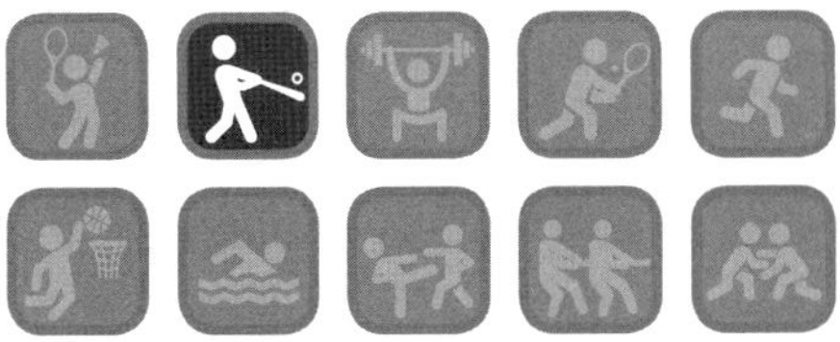

超越計分板

賽事周邊的社會映射，團隊同儕，
歷史記憶，運動科學，產業與醫療。

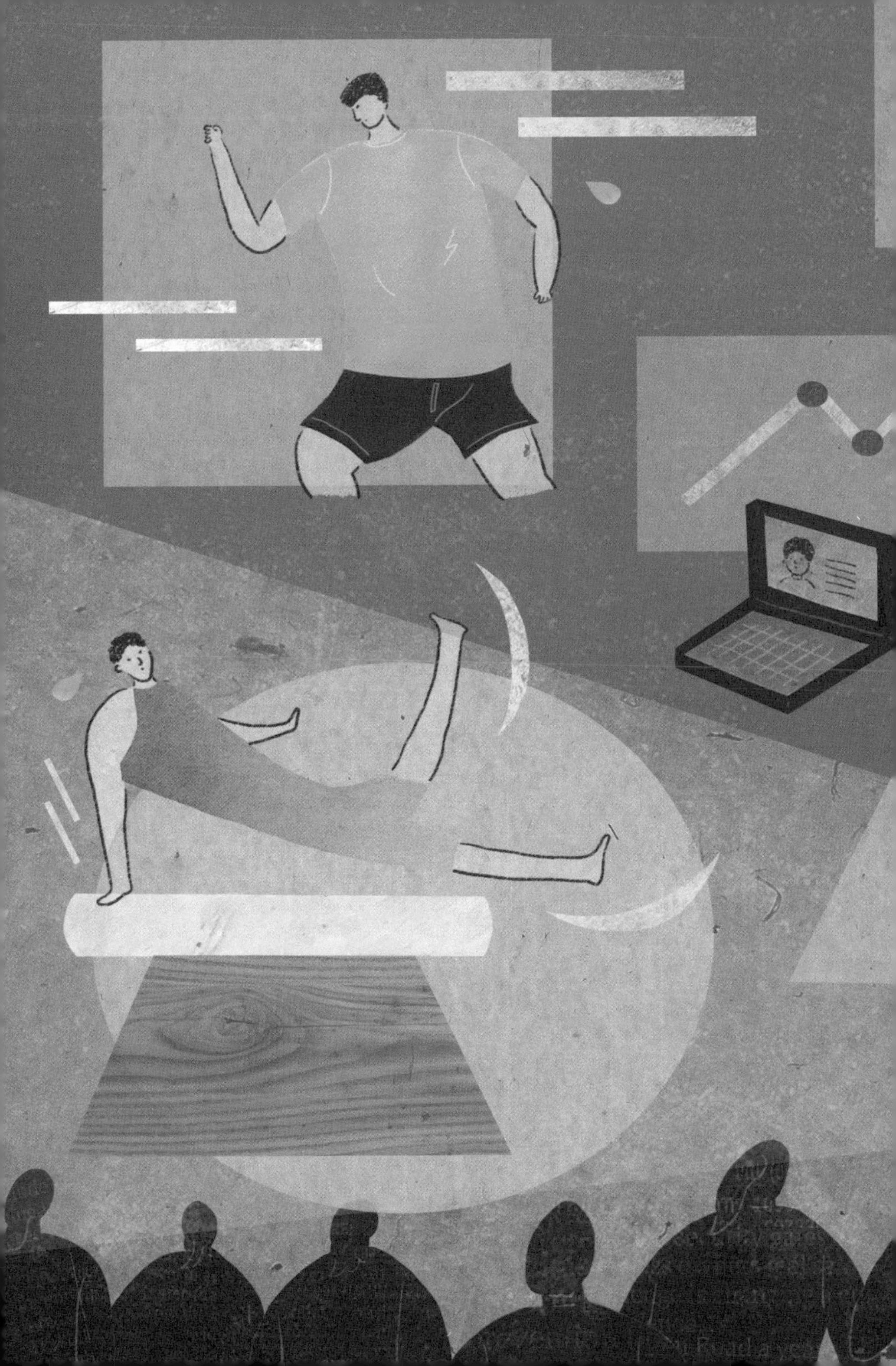

引言／

勝負比分之外，運動不只是運動

文／黃哲斌

運動，有時是一個人的事，例如跑步；有時是兩個人的事，例如桌球；有時是一群人的事，例如足球或棒球。很多時候，運動超越有形個體、超越單純的勝負比分，而是教育體系的一部分、經濟產業的一部分、歷史文化的一部分，這些以體育運動為輻輳核心的延伸線，讓比賽不只是比賽，而是我們俯仰其間的社會土壤。

二〇〇五年，《翻滾吧！男孩》讓人看見體操與一群宜蘭小學生的生活奮鬥；二〇〇七年，《練習曲》開啟單車環島熱潮，片中臺詞「有些事現在不做，一輩子都不會做」，觸動了無數觀眾；二〇一四年，魏德聖導演的《KANO》追溯臺灣棒球文化的上游，以「嘉農」的故事，娓娓述說臺灣的殖民歷史與族群聚合。

這三部電影只是浮光例證，運動不只發生在比賽場上，場外還有更多精采故事（本書附錄整理了二十幾部運動電影，各有代表性，有興趣的讀者可以找來觀看）。

例如，你是否知道，臺灣國小學童每週只有八十分鐘的體育課，遠低於法國的二百分鐘、中國的一百八十五分鐘、美國的一百分鐘？這與臺灣學童普遍過重、體能與抵抗力不佳，是否有因果關係？為何適量運動，反而可以促進學習與記憶？

例如，你是否知道，數位時代如何改變了運動產業？電影《魔球》裡描述的「數據派」，如何改變了職棒運動？大數據的應用，讓每位打者的擊球落點、打擊漏洞一覽無遺，徹底改變了投球與防守策略；你是否知道，類似的技術概念，也提升了臺大男籃的競爭力？

例如，相較於三十歲的臺灣職棒，八十年的日職、超過一百二十年的美職大聯盟，如何在悠長歲月裡，沉澱出無數動人篇章？我們如何從他人的歷史經驗裡，點滴累積自己的運動文化？作家詹偉雄以幾位傳奇球員的背影，讓我們溫習「剎那即永恆」的凝結瞬間。

原來，運動迷人之處，不只在比賽本身，也在比賽之外，那些激動的心境、狂歡的記憶，那些美麗的草坪、移動的旅程，那些童年的奔跑、紅土的汗滴，這一切一切的層層疊疊，像是一千片拼圖，共同構成我們社會的一部分，一種名為「運動文化」的總體名詞。

越運動　越有競爭力

開心體育課

文／林欣靜

節錄於《臺灣光華雜誌》二〇一三年十一月號第三十八卷第十一期

照片由大甲國小提供

越來越多的研究證實，運動表現佳的孩子，記憶力、學習力、應變力和資訊整合力往往高人一等。而運動競技過程中經歷的競爭、挫折、團隊合作，以及「勝不驕，敗不餒」的修養淬礪，都將成為孩子面對未來挑戰、一輩子受用的人生經驗。一向將體育視為五育末項的臺灣中小學，該如何鍛鍊下一代的運動競爭力呢？

清晨六時五十分，位於大安溪南岸的臺中市大甲國小，校門口已聚集了近百名小朋友，準備參加「零時體育計畫」的跑步運動。大甲國小是臺中市的大型學校，操場十分遼闊，每圈距離達兩百五十公尺。然而這群小健將，早已習慣考驗耐力與體力的長跑訓練。

二十分鐘過後，體能佳者，已繞跑操場十餘圈；體力稍遜的孩子，也在邊跑邊走中繞三至四圈。接著他們各自換下臭汗滿身的運動服，帶著紅潤臉龐及愉悅心情，迎接國語、數學、閱讀訓練等需要集中精神的正式課程。

提升學習力的零時體育課

源自美國的零時體育計畫（Zero Hour PE），是指學生每天到校上第一節課前，先進行晨間運動，之後再進教室上課。這項創新的體育實驗，是一九九〇年由美國芝加哥的內帕維中央高中開始實施。該校有六成學生自願參與零時體育計畫，運動後還多上一堂讀寫加強課，以測試提升學習力的正向效果。

一學期過後，實驗組學生的閱讀理解能力，比起受測前提高了百分之十七；其他只上正常體育課的學生，則僅進步百分之十點七。這項研究也證實，晨間運動對學習的幫助，大於中午或其他時段；指導顧問甚至建議，全校學生都應該在上完體育課後，接著進行最頭痛的學科，以充分發揮運動帶來的正面效益。

內帕維中央高中的零時體育計畫極為成功，引起全美多所學校仿效，而臺中大甲國小則從二〇〇九年開始實施。

校長陳浪勇指出，大甲地區的居民本有早起習慣；很多雙薪家庭的家長為了趕上班，七點不到就將孩子送至學校。為了避免衍生安全疑慮，校方轉而思考，不如為早上學的孩子安排更有意義的活動，而零時體育計畫，正是最合適的選擇。

起初部分家長及老師對「先運動、再讀書」的作法頗有疑慮，認為孩子們跑跑跳跳後會心浮氣躁，怎麼能靜得下來上課？也有人擔心學生會累過頭，一進教室就打瞌睡。但實驗結果卻正好相反。參與計畫的孩子，不但健康體位的身體質量指數（Body Mass Index，ＢＭＩ）值漸趨標準，而且精神變好、情緒變佳，上課時也更能集中注意力；特別是原本愛搗蛋或活潑好動的孩子，在操場上先發洩精力後，回到教室反而變得循規蹈矩。

強身益腦、改變人生的大補帖

哈佛大學醫學院臨床助理教授約翰・瑞提（John J. Ratey）在其著作《運動改造大腦》中解釋，人在運動時會分泌血清素、正腎上腺素及多巴胺等神經傳導物質。血清素能協助控管腦部活動，對情緒、衝動行為都具關鍵影響；正腎上腺素則有增強注意力、動機及警覺心的作用；多巴胺更會讓人產生心情愉悅的正向情緒。這三種神經傳導物質，均與人類的學習活動息息相關，可提高大腦神經元的鍵結及活化，並調節大腦輸入及處理新訊息的效率及能力，因此運動量夠多的孩子，學習效果往往也事半功倍。

此外，運動更對消弭過動、憂鬱等現代學童常見的情緒障礙及行為問題深具成效。其中又以對注意力缺失過動症（ADD／ADHD）患者的改善最為明顯。這是因為多巴胺和正腎上腺素，都是控制人類注意力系統的要角，像ADHD患者常服用的藥物「利他能」，就是藉由增進多巴胺的分泌，達成抑制分心的目的。

「跑步很像服用少量的百憂解或利他能。」約翰．瑞提指出，運動沒有副作用，是最好的自我控制良藥。

乏善可陳的體育課

運動的好處多多，但在升學至上的臺灣，無論是運動風氣的推廣或體育教育的扎根，仍有極大的進步空間。

兒童福利聯盟過去曾發布調查指出，我國學童普遍存在「愛運動卻不運動」、「體育時數、社團偏少」及「白斬雞體質」等三種現象。此外，和世界各國相較，臺灣中小學的體育課時數更明顯偏少，如國小學童每週僅有八十分鐘的體育課，遠低於法國（兩百分鐘）、中國大陸（一百八十五分鐘）、美國（一百分鐘）。

由於運動量的普遍不足，臺灣中小學生的肥胖比率已逼近三成，男生的肥胖狀況甚至比女生還嚴重！

兒福聯盟研究發展處研究員洪毓甡指出，我國小學體育課的時數不但偏少，課程內容也很單調，常離不開打球、跑步、體操等範疇，「看影片」、「借課考試」更是司空見慣的常態。

例如很多體育老師喜歡讓小學生打躲避球，表面上孩子們玩得開心，老師也樂得輕鬆。但臺北市立大學運動教育研究所教授周建智卻提醒，躲避球的攻擊權，往往掌握在少數幾個球技過人的學生手中；而閃躲能力「肉腳」的孩子，則常被當成目標物攻擊。「這種以打到人為樂趣的運動，實在不該成為體育課的主流，」他語重心長的說。

只玩虛擬運動的宅小孩

放學後，學童的運動時間更為受限。

兒盟調查也發現，孩子們常因功課太多、要上補習班及才藝課，或被父母要求念書而無法運動。「每天放學後，學生就被一車車的載往安親班，接下來就是密密麻麻的才藝課，哪裡擠得出時間運動？」大甲國小校長陳浪勇一語道破孩子們的無奈。

另外，許多孩子喜歡宅在家玩運動型電玩，這些虛擬運動可以取代戶外運動嗎？

當然不行！虛擬運動除了沒有團隊合作的社會互動，也無身心靈經驗的完整洗禮，更可能因姿勢不良、用力失當而受傷，當然也學不到運動背後的教育意涵。「像打籃球需要眼快、手快、腳快、決策快，還有默契十足的團隊合作，才能因應不同對手的攻擊。它所培養的『後設認知能力』，絕非虛擬運動可比擬。」周建智說。

行動一：系統化培養運動習慣與技能

如何提升臺灣學童的運動力？學校仍是最關鍵的角色。若校方能善用環境優勢，配合系統化的教學課程，就能幫助孩子奠定良好的運動基礎。

臺中市頭家國小，是國內少數落實游泳教育的學校，不但外聘多名專業游泳教練，與校內的體育老師聯手教學，還把原本三年級才開始上的游泳課，往下推廣至小一新生，這裡的學生從一年級到六年級，每週都必須上滿整整兩堂、長達八十分鐘的游泳課。

為了提高孩子的學習動機，頭家國小的游泳課也設計得活潑有趣、極有層次。例如低年級生是以水中尋寶、吹泡泡、岸邊漂浮等水中遊戲為主，讓孩子先適應水性、克服對水的恐懼；中年級生則以換氣練習為重點，再漸次進階至自由式及仰式教學；升上高年級後，才會引導他們接觸更高難度的蛙式及蝶式。

在學校的介入規劃，以及有系統、有方法的長期訓練下，頭家國小的孩子畢業時，個個都具備自由式、仰式五十公尺、蛙式二十五公尺的游泳實力。

行動二：投其所好，讓孩子愛上運動

除了學校的積極規劃，還有其他方法鼓勵孩子愛上運動嗎？

「運動必須因材施教。」長期調查中小學生健康體位變化的陽明大學社區健康照護研究所教授劉影梅建議，外向、愛表現的孩子，適合籃球、足球等偏重協調與動作發展的團隊運動；但內向或慢熱型的孩子，較易在體操、舞蹈等帶有康樂性質、能自己掌握肢體動作的運動中找到成就感。

「有些女生不愛運動，其實是因為沒有找到適合的運動。」劉影梅舉例，很多女生不喜歡肢體碰撞的競技運動，就可以引導她們接觸跳繩、溜冰、呼拉圈及踢毽子等靈巧型的運動。

劉影梅曾在宜蘭縣多所小學推廣每天三十分鐘的跳繩運動，連續跳二十週後，實驗組學生比對照組多長高了一點五公分。「身體靈巧的女生，本就適合跳繩運動，若再以長高、身材變好為誘因，她們會更喜愛，」她笑說。

至於運動神經不發達的孩子，劉影梅則建議可由步行、跑步開始；再由傳接大球（如籃球），進階為傳接小球（如桌球）等訓練眼腳協調及眼手協調的運動入門。

動得多、學得好，是人類的本能，也是全球的教育趨勢，培養允文允武、競爭力十足的下一代，坐而言，不如快快起而動！

哲斌大叔的 運動頻道

LIVE　　SPORTS CHANNEL

2017 年 9 月的《親子天下》雜誌，曾以「替孩子找回動覺專注力」為主題，探討學童「身體能力」的重要性，其中也引述多項醫學研究，認為兒童運動不足，將導致專注力不佳、情緒煩躁、不耐久坐，造成所謂「小一班級崩壞」現象。

此外，醫學專家也強調，「運動身體，同時也在運動大腦」，身體大動作對記憶、專注力及行為都有正面助益。教育部曾明訂，高中以下學生每週除了體育課，參與體育活動的時間應超過 150 小時，即所謂「SH150」。

另一延伸議題是，最適合鍛鍊兒童「動覺專注力」的設施是溜滑梯、攀爬架、盪鞦韆、平衡木、單槓等多樣化且具冒險性的器材；然而，臺灣國小校園及公園多數剩下低矮滑梯等塑膠製「罐頭遊具」，因此，「還我特色公園聯盟」等民間團體近年爭取「非罐頭公園」。

搜尋關鍵字　動覺專注力，SH150，還我特色公園聯盟

聽APP的話打球
臺大男籃
靠科學翻身

文／游羽棠

原刊載於《天下雜誌》網站：
https://www.cw.com.tw/article/article.action?id=5078391，
二〇一六年九月十四日

照片由 Shutterstock 圖庫提供

身材、籃球基礎遠不如籃球名校的臺大男籃，憑藉數據化、科學化訓練，大膽結合臺大資管系APP，搭配一個專長統計的農經博士生教練，以一般生對抗籃球專業體育保送生，連續兩年打出佳績。

臺灣大專盃籃球賽主要分為三級，甲一、甲二以及一般組，甲一為國手搖籃、甲二則是準國手或體育保送生的天下，參賽球隊的球員通常自小學、中學到大專一路皆為體育名校。

從二〇一四年來，大專盃甲二級卻出現了一匹大黑馬，在強敵環伺的環境下，臺大男籃竟然以一般生的身分，打進了全國甲二級的第五名。

這很難，成員有醫學系、機械系、藥學系學生的臺大男子籃球隊，說穿了就是一批愛打籃球、會讀書的學生組成的社團隊，連教練也是個專長統計的農經所博士生，竟然能夠對抗幾乎以體保生組成的甲二級十六強。

曾擔任臺大男籃教練、前超級籃球聯賽（Super Basketball League, SBL）球員的朱永弘說，「臺灣籃壇講求資歷，如果你不是球員出身，也沒有傳統籃球名校的人脈、資歷，人家就覺得你沒有實力。」結果也是如此，沒有準國手、體保生組成的臺大男籃過去就是長年半途淘汰打包回家的B級球隊。

沒有體保生，光靠一群資優生組成的臺大男籃究竟是怎麼樣翻身的，尤其是近兩年甲二級加入兩支有甲一級實力的傳統名校：臺灣師大及義守大學（因比賽中衝突而被刻意降級），甲二級決賽強度更勝以往，臺大竟能打入前五強，甚至準備挑戰甲一級。

原來，這群會讀書的學生，運用方興未艾的大數據風潮，使用數據分析與科學化訓練，更開發出專屬的數據分析APP，把新觀念、新工具帶進臺灣籃壇。

關鍵推手是一位非典型教練，以及目前臺灣最專業的籃球數據分析團隊，不同於傳統教練，臺大男籃教練楊致寬擁有十多年球評經驗，現為統計專業博士生，因而選擇從自己擅長的數據統計、戰術分析著手，把臺大男籃視作數據籃球的實驗。

數據籃球分析大致分為賽前情蒐、場上即時數據及賽後檢討分析，但過去採用大量紙本、人力記錄數據，等待輸入電腦套用統計模型後，才能獲得有意義的分析結果，然而，除了原始數據保存不易，也耗去大量時間，缺乏效率。

因此，臺大男籃與資管系學生合作，開發專屬的數據分析ＡＰＰ，成為團隊賴以運作的祕密武器。

點開臺大男籃的祕密武器（ＡＰＰ），映入眼簾的是一個數位化的戰術板，旁邊列出臺大男籃常用的進攻、防守指標，數據分析團隊只需要點選球員位置、輸入數據，就能經由內建的統計模型，在短短數秒內完成記錄、分析數據的繁雜工作，同時上傳雲端存檔，讓時間、人力成本降到最低。

在每場比賽開打的三天前，數據組會提供教練一份分析報告，以及資料庫中的對戰影片集錦，把對方的慣用戰術剪輯成短片，讓球員能迅速熟悉對方的球風。

比賽進行中，教練會在每場比賽前依對手專長，指定需要的數據，而數據分析團隊會在每次暫停、每節結束時，立即提供教練簡短扼要的分析報告，有時甚至帶來意想不到的效果。例如：透過APP的即時分析功能，數據團隊在比賽中發現，射手當日在特定位置的命中率特別高，教練就會對此作出戰術調整。

賽後，數據組會把團隊表現不佳的片段剪輯出來，讓球員賽後快速檢討。另外，也會以數據配合影片表現，具體的指出特定球員缺失。舉例來說：二〇一六年奧運新增「turn-over score」，指的是失誤後被對方得到的分數，但數據表卻沒辦法具體指出球隊的問題。朱永弘認為：「如果把轉換防守的影片剪出來，就知道比賽實際的狀況，把失去分數轉化成之後的進步。」

甚至未來數據還能夠外包，國內運動數據分析領域專家、逢甲大學資工系助理教授許懷中建議，仿照國外盛行的「群眾外包」，把基礎的數據紀錄、影片標註交給志願群眾，進階的戰術分析報告及影片剪輯，由原有的數據團隊負責，不但能提升工作效率，更可以讓更多對此有興趣，卻不得其門而入的群眾接觸數據分析，達到良好的雙贏效果。

比賽數據不單止於記錄，若妥善保存並分析，更能創造出新的價值。

下一步，還要讓大數據更聰明，以近年來火紅的機器學習（Machine Learning）為發展方向，開發出能夠辨識球員戰術跑位的軟體，進一步協助影片剪輯工作，解決人力始終匱乏的問題。

數據籃球的運用在國外行之有年，臺大男籃是臺灣籃壇的先行者，把新觀念帶進臺灣，讓這群會讀書的好學生跌破各界眼鏡打出佳績，也代表著大數據與科學化分析是臺灣籃球運動可發展的新方向。

哲斌大叔的 ▶ 運動頻道

LIVE **SPORTS CHANNEL**

2011 年的電影《魔球》，藉由大聯盟真實故事，描繪「數據派」如何統計分析選手的投打表現，深刻改變美國職棒的經營及選秀。隨著大數據應用及影像辨識技術日益成熟，運動比賽更是大量借助數字分析，擬定攻守策略，提升球隊及個人表現。

例如 NBA 火箭隊總管莫瑞（Daryl Morey），就大力鼓吹數據掛帥，包括減少中距離兩分球、增加三分球遠射及籃下攻擊。此外，NBA 早就採用自動追蹤球員動作的 SportVU 系統，通過電腦軟體自動生成各項數據，再由人力彙整分析。

職棒大聯盟也是如此，「數據派」研發出各種評估球員表現的指標，像是 WAR、ZiPS、wRC+ 等等，甚至能預測球員的貢獻度；大聯盟開發的數據追蹤工具「Statcast」，採用亞馬遜雲端運算（AWS），可以詳細記錄每一打席、每一球的弧度、揮棒速度、擊球角度及落點，立即顯示在官網上，也成為球員及球隊自我修正的指標。

搜尋關鍵字 魔球，SportVU，Statcast

意想不到的賺錢產業 跆拳道與國技院

文／方祖涵

原刊載於《獨立評論＠天下》網站：
https://opinion.cw.com.tw/blog/profile/217/article/4650，
二〇一六年八月十二日

照片由 Shutterstock 圖庫提供

跆拳道原本是訓練軍隊的武術，現在卻是美國家長讓小朋友下課後進修的主要選項，許多成年人也把它當做每天的運動。這個在許多國家普遍流行的運動，背後的商業機制是十分驚人的。

從我們家往外延伸七英哩（十一公里）的圓形範圍，十五分鐘以內車程的距離，應該都可以算是每日生活圈的一部分。在這個很小的範圍裡，居住人口不到三萬人，可能跟半個瑞芳，或是蘇澳差不多。

在這樣的範圍內，竟然有九家跆拳道館。

把同樣大小的圓形放在都會區的其他部分，然後再放大到全國，這就是美國跆拳道持續風行的程度。光是大華府地區，就有幾十間道館；在全美國，道館總共超過四千五百所。每天光是在道館練習的人數，就已經非常驚人，這還不包括家長自行聘請教練的部分。根據跆拳道國技院提供的數字，迄今有九百萬人曾經通過品段考試。我的女兒就是其中之一，從小練習跆拳道的她，二〇一四年通過黑帶的二級。這並不是很厲害的等級。厲害的是跆拳道本身，已經變成世界上最主流的運動項目之一。

跆拳道原本是訓練軍隊的武術，現在卻是美國家長讓小朋友下課後進修的主要選項。每個中小學放學以後，都可以看到來自不同道館的交通車在校門等待，準備接小朋友去練習。道館裡的學員當然不只是兒童，許多成年人也把它當做每天的運動。而跆拳道除了練習人數眾多，大家更熟悉的，應該是它在奧運裡的地位：它從二〇〇〇年雪梨奧運開始成為正式項目，然後一直保持在每屆奧運的核心比賽名單裡。

在二〇一六年里約奧運以前，臺灣在跆拳道曾經拿過兩面金牌，總共八面獎牌，是臺灣奧運主要奪牌的項目之一。二〇〇四年朱木炎跟陳詩欣的雙金表現，也引起一陣學習跆拳道的熱潮。跆拳道是小蔣總統擔任國防部長的時候從韓國引進臺灣的，當時叫作莒拳，取自「毋忘在莒」的故事。

這個在許多國家普遍流行的運動，背後的商業機制是十分驚人的。

有一次我們到了首爾，因為女兒的關係，我們當然沒有錯過國技院（又名「世界跆拳道總部」）這個景點。國技院地處山坡，從下往上看，光是大門看來就氣勢磅礴。那時剛好是一年一度的武道大賽，舞臺上數不清的年輕高手，加上塞滿坐席的觀眾，還有震天響的加油聲，沸騰的氣氛很讓人感動。

國技院在一九七三年開院，是韓國跆拳道的最高指導機構。除了定期的比賽，它也是選手跟教練的訓練館。更厲害的是，它還是所有跆拳道品段的認證單位。不管是在臺北、美國紐約還是南非，地球上每一個遵循規定的跆拳道館，都需要經過國技院核發品段證書。學員參加訓練，然後報名分段考試，如果通過的話，道館會把資料送交韓國的國技院，得到的級別才正式生效。考試的內容需要依據國技院的規章，場地、服飾也有一定的規格。

在費用的部分，國技院的規定十分嚴謹。他們不希望道館之間削價競爭，對每一個段級的升級考試，都有設定收費的下限。每一次考試不算便宜的費用（在美國是五千元新臺幣左右），除了道館本身的收入，還包括國技院的「認證費」。光是從美國一個國家，每年國技院的認證收入估計就超過二千萬美金。整個認證的手續，審核的部分只是制式化的前置步驟而已，國技院實質上需要花的認證成本，最多只是把學員的名字放進資料庫而已。過去需要手工輸入，現在一切都已經雲端化，做的幾乎是無本生意。

國技院憑藉著嚴謹的組織力與智慧財產，變成龐大的獲利機器。他們收入的一部分用來支持韓國的選手訓練，讓各級選手與其他國家比較起來，多了競爭的優勢，而金錢能夠換到的影響力，相信也是跆拳道能夠持續留在奧運的原因之一。

山坡上的國技院位在熱鬧的江南區，距離三星企業總部只有十分鐘的步行距離，可是它不需要無塵室、不需要工程師埋首研發、不需要炫麗的曲型螢幕，卻能讓幾百萬人自願揮汗如雨，再把荷包打開，獻上豐厚的報酬。如果有人還覺得運動產業很難賺錢，下回到首爾，不妨也去國技院逛一圈！

哲斌大叔的▶運動頻道

LIVE **SPORTS CHANNEL**

無論是職業或業餘運動，都可能發展為一種龐大產業，除了韓國跆拳道的例子，臺灣顯而易見的是單車及慢跑，不但衍生各種器材配備的市場商機，臺灣的運動鞋類及特殊機能紡織品，尤其具備國際競爭優勢。此外，近年遍布都會區的運動中心及健身房，則是上班族自我鍛鍊的身心基地。

即使是短期盃賽，都可能具備觀光及行銷利基，例如臺灣曾舉辦 2015 年的世界棒球錦標賽，光是日韓就派出三百多家媒體隨行採訪，也有數萬名日韓球迷來臺觀戰。轉播單位「緯來體育臺」趁著賽事訊號傳送各國的機會，進而在攻守交替之際，塞入行銷臺灣旅遊的串場短片。

職業運動尤其如此，無論是美式足球「超級盃」、網球四大公開賽、世足賽及歐洲五大足球聯賽，不但是萬眾矚目的盛大賽事，也是難以忽視的經濟活動。

搜尋關鍵字 運動產業，運動行銷，機能紡織品

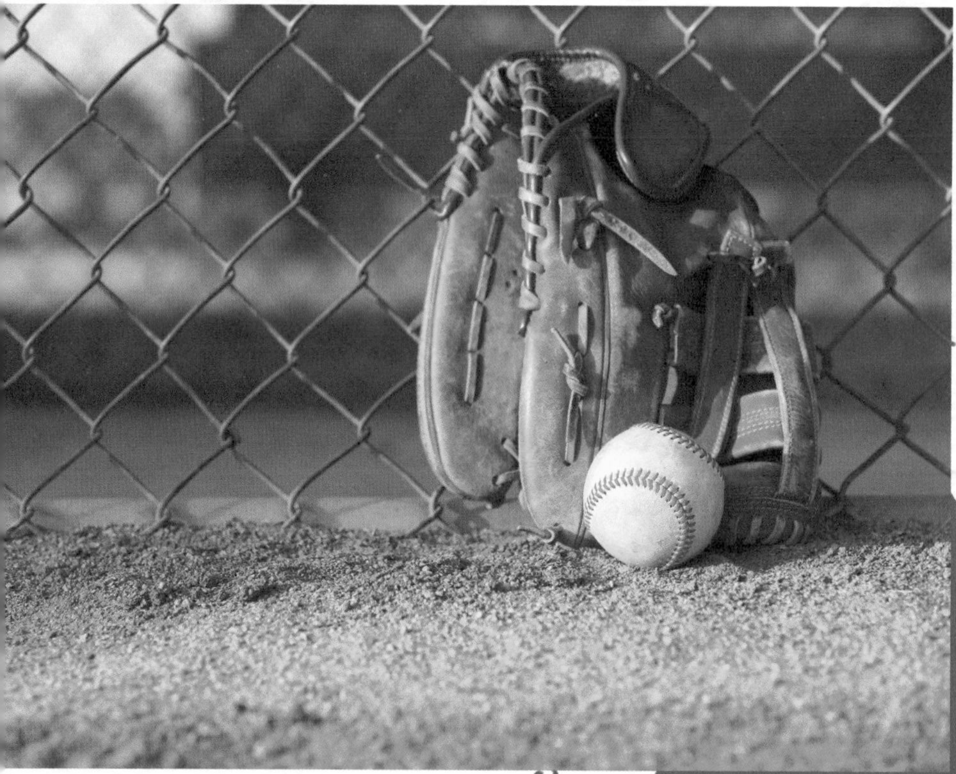

棒球場上的告別

告別就是滄桑

文／詹偉雄

原刊載於《練習雜誌》二〇一四年四月號

照片由 Shutterstock 圖庫提供

棒球場上的告別，總是參雜著各種眼淚，但我們依稀可以感覺到，如果越是曾觸及過此一技藝的巔峰，那眼淚就越是難以抹乾。

棒球，曾造就過無數場偉大的演說；但，唯獨——你可以說：唯獨是這一場演說，造就了偉大的棒球。

一九三九年七月四日，下午時光，主場迎戰華盛頓參議員隊單日雙重賽的空檔，紐約洋基隊決定舉辦一場盛大的告別式，歡送他們的「隊長」盧．賈里格（Lou Gehrig），六萬兩千名球迷參加，他們不光因為賈里格是當代洋基隊最偉大的球員——三冠王、兩次MVP、最多滿貫砲（二十三支），再加上史無前例的連續兩千一百三十場出賽紀錄、拿下六座世界大賽總冠軍——而來，更因為他們在兩週前都聽到了噩耗：醫師診斷，賈里格得了一種稱之為「肌萎縮性脊髓側索硬化症」（Amyotrophic Lateral Sclerosis，

ＡＬＳ）的疾病，這種現今被暱稱為「漸凍人症」的罕症，會因為神經逐漸退化並停止傳送訊息到肌肉，最終導致病人的死亡；七十年前的紐約，醫學遠沒有今日這般斬釘截鐵，但人們確實感受到了不祥的訊息，這次會面，有可能就是與紐約十七年棒球美夢的最後會面。

這是一場圍繞在本壘板旁舉行的溫暖儀式，在這兒的左打區，賈里格曾經是咬中球心能力最強（清脆＋餘音嘹亮）的平飛球型打者，和隊友全壘打王貝比．魯斯的拋物線高砲遙相輝映（兩人同場都擊出全壘打的次數有七十七場），如今魯斯也到場，而紐約市長、郵政總局總長、總教練喬．麥卡錫（Joe McCarthy）都致完了詞，隊友們合力送上一個簽名的銀盤，正面鐫刻著一首由《紐約時報》運動作家約翰．基蘭（John Kieran）所寫的頌詩。

原本，這是一場沒有致謝詞的典禮，賈里格的沉默與嚴峻也眾所皆知（與魯斯的大嘴巴又成對比），因此司儀也準備收場了，但是，在整場觀眾的呼喊下，原本被麥卡錫攙扶著離場的賈里格走了回來，在麥克風前，緩緩說出這場沒有草稿的偉大演說：「球迷們，過去兩週，你們都知道了我的壞消息，但今天，我仍然認為我是這個地球表面上最幸運的人，置身球場十七年，我從你們球迷身上得到的，是全然的善與鼓勵……」

不到兩分鐘，他解釋了「幸運」的理由：創建球團的老闆、總經理、總教練（他們讓我有球可打）；以及紐約巨人隊（會給你禮物的對手）、球童與場館人員（銘記你的榮耀）、岳母（在與她女兒吵架時站在他這邊）、父母（讓你受教育並鍛鍊出強健的身體）、妻子（全然的支持）。結尾是另一段意味深長的提醒：「我也許得了一場嚴重的疾病，但我仍有著萬千奮鬥活下去的理由。」

不到兩年後的一九四一年六月二日，賈里格與世長辭，棒球史家們都同意：他的告別，將千萬美國家庭牢牢的與棒球結合在一起，比別的什麼任一種膠水，都強。

棒球場上的告別，總是參雜著各種眼淚，但我們依稀可以感覺到，如果越是曾觸及過此一技藝的巔峰，那眼淚就越是難以抹乾。

二〇〇八年十月一日，日本職棒老將清原和博的隱退，便交織在一片淚海之中。一九八六年出道，廿二年間通算交出五百二十五支全壘打的成績，清原雖然從來沒有在日本職棒拿下過任何一座打擊獎項，但從高中甲子園高校時期走紅全國的「強打少年」印象，仍深深烙印在日本成人心中，當日購票入場的三萬零一百七十五位觀眾，幾乎每位都是專程而來，包括鈴木一朗與藤原紀香。

一九八五年之前，清原是甲子園冠軍ＰＬ學園的當家第四棒，保有迄今為止日本高中棒球的多項紀錄——最多的十三發全壘打、單次賽會最多的五支全壘打、單場最多三轟、連續三場轟等，這樣的紀錄應該是呼風喚雨了吧，但出人意料的是，他在高中的同隊隊友、也擁有「史上最強高校投手」之稱的桑田真澄（二十勝三敗、一點五五防禦率，為一九八四年日本學制更改後甲子園大賽最多勝投手）卻在當年的選秀會上，搶走了日職頭號強隊讀賣巨人隊「第一指名」的位置。

原本桑田一直推託要進大學後再打職棒，沒想到卻暗中與王貞治領軍的巨人球團達成協議，這一下，把清原要進巨人的宏願給捻熄了（按規則，多隊指名要抽籤決定，桑田放話念大學，避免他隊來指名，反而給了巨人唯一選中的契機），而且又因為事前清原一再表明要進巨人的決心，因而當巨人於選秀會場放棄清原、指名桑田之時，為他招來了無盡的羞辱。

這一來，所有八〇到九〇年代的日本成人都知道了：這位「強打少年」內蘊著一股雪恥之心，他不僅是一個棒球選手，還成為一個隱喻、象徵，或一座會呼吸、走動的憤怒符號。在西武的十一年，他如願的在一九八七年日本總冠軍賽擊敗王貞治領軍的巨人，那場比賽中，西武領先到九局，在最後一個出局數還沒結束前，清原便於鎮守的一壘前哭了起來，賽後日本記者問他為何如此失態，清原說：他看到對手的王貞治總教練在三壘指導區躊躇踱步，痛苦的準備吃下這場敗仗，心生不忍，「他曾是我心目中的英雄啊。」清原回答。

一九九七年，取得自由球員資格的清原，一圓當初所願加入了讀賣巨人，也和桑田再度成為隊友，然而，「強打少年」的稱號已掛不到他身上，新世代的「怪物」是有「酷斯拉」稱號的松井秀喜。在巨人沉浮九年，清原有五年出賽不及百場，全壘打數每下愈況，而三振數卻節節高升。

〇六年轉到歐力士隊，他早已不是個具威脅性的打者，原本一八八公分的身高，能把白球打上中外野記分板上的圓形時鐘，但一旦體重超過了一百一十公斤，他便開始跟不上遊走好球帶四角落的快速直球了。

這十月一日的引退，是季賽的最後一戰，雖然歐力士隊已取得季後賽資格，但清原坦白自己已不想成為球隊的包袱，二十二年職棒人生就此休止吧。在這場大阪京瓷巨蛋的引退戰裡，昔日西武老隊友、軟體銀行教練秋山幸二特別招呼自己的投手杉內俊哉「全部投直球」，清原的成績四打數一支二壘打，吞兩K，但有一打點，他最後一打席被三振，脫下打擊頭盔向杉內致敬的畫面，萬人難忘。

賽後，日本民謠搖滾歌手長渕剛提著空心吉他走上投手丘，撥撥弦，便唱起了〈蜻蜓〉這首歌，這是一九八八年的老歌了，臺灣人熟悉得很，當年小虎隊把它唱紅遍中國和臺灣（曲名改成叫〈紅蜻蜓〉），但千萬別把青春的中文歌詞當成日文原意，長渕剛的原作詞寫的可是一位到東京打拼、失意中奮鬥不已的苦命青年的故事：「我拎著單薄的旅行袋，一直向北向北，咀嚼著粗糙苦澀的沙塵，我的正直心被現實按倒在地，現如今浸透骨髓……」，這首歌由於太逼近當年選秀事件清原受辱的實境，因而長期被他的「應援團」使用作為專屬加油歌曲，如今退休在即，原唱者又主動跳出來親身送別，站在投手丘花束中的清原和博自是淚如雨下，久久不能自已，「從明天起又有冬日寒風吹向我的臉頰，即使那樣，即使它們羞辱著我，我也會毫不介意的堅持活下去，我赤著腳，數著寒冷而結冰的夜晚！」

它的副歌是這麼唱著：「幸福的蜻蜓，你要飛往哪裡？啊，幸福的蜻蜓，正伸出舌頭，笑著呢！」

已經四十一歲，清原和博當然不再是「被世界欠上一大把」的那個清純少年，他領巨人的高額年薪卻繳不出像樣成績也非一天兩天之事，但人們還是喜歡這樣的故事，喜歡對比這二十二年來完成了哪些成績，然後看著時不我予的這位平頭壯漢噗噗流下眼淚。

面對「說再見」這件事，強力的打者難免情感激動，因為（天生的）憤怒好似是他們神祕力量的來源之一。

你應該還記得的另一位告別投手，是桑田真澄——沒錯，就是那位深深傷了清原的隊友桑田。在日職的四百四十二場比賽，桑田累計了一七三勝一四一敗，防禦率三點五五的成績，這位僅有一百七十四公分身高的投手，以控球與配球彌補了速度的不足，曾奪下一九八七年中央聯盟年度最佳投手（澤村榮治賞得主），獲選一九九四年中央聯盟年度ＭＶＰ，但他卻選在人生的末端，跑到了美國，二〇〇七年六月十日，三十九歲的他以匹茲堡海盜隊的後援投手身分初登板，是一九六〇年後第二高齡「大聯盟初登板」的菜鳥選手，這場對洋基的處女秀投兩局丟兩分挨上一發全壘打；直到宣布退休前，桑田在大聯盟總計出賽了十九場，投二十一局，防禦率是糟糕的九點四三。

「我曾經想過再試一次，自認還投得出好成績，但我的心告訴我，是退休的時候了。」

二〇〇八年三月廿六日，在佛羅里達州布萊丹頓的海盜春訓基地，桑田宣布退休，但他要求的方式極盡簡樸：他婉拒了總教練安排他對老虎的訓練賽中於第九局上場告別投球的安排，他把退休的儀式安排在球賽結束一小時後。

這時不相干的人都走了，當球迷和對手都走光了，身著粉紅襯衫和黑長褲的桑田方慢慢走向投手丘，只剩下紅著眼眶的日本記者，他回答完所有的問題，揮一揮手，慢慢的，小心的彎下腰來，然後，不讓任何一顆沙粒拂到白淨的投手板地——把一顆雪白的棒球立在板子上；宣布退休後的隔天，就是他四十歲的生日。

告別，原來就是滄桑，沒什麼好說的。

哲斌大叔的 ▶ 運動頻道

LIVE **SPORTS CHANNEL**

除了場上賽事，各項運動也投射在電影、紀錄片、音樂創作、文學敘事上，孕生各種精采文類。其中，「運動文學」是一種具備豐厚文化底蘊的創作形式，詹偉雄此文以傳奇球員的告別為主題，揉合了美日職棒的歷史記憶、人生際遇、職涯起落，就是典型例證。

不只全美棒球作家協會（Baseball Writers Association of America, BBWAA）每年票選球員或教練進入「棒球名人堂」，美國運動媒體協會也會選出名人堂運動記者，此外，美國筆會與 ESPN 合作，每年頒獎給運動類紀實書籍，以及運動寫作終身成就獎。

臺灣的運動書寫風氣不算普遍，臺東縣曾舉辦「紅葉盃運動文學獎」、國立師範大學的校內「運動文青獎」，都不是專業寫作獎項。知名的運動文學寫手橫跨文學界及媒體界，如劉大任、詹偉雄、楊照、吳明益、翁嘉銘、唐諾、果子離、晏山農、何榮幸、米果、方祖涵等人。

搜尋關鍵字 運動文學，美國棒球作家協會，師大運動文青獎

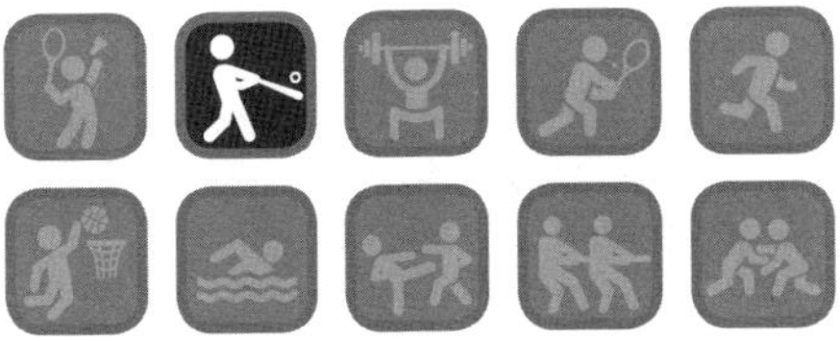

退步的勝利
拔河運動在臺灣

文／林欣靜

節錄於《臺灣光華雜誌》第三十八卷第一期二〇一三年一月號
照片由王創緯攝，天下資料庫提供

在國際體壇上，什麼是臺灣最具競爭力的運動強項？那就是拔河。自二〇〇四年至今，我國已在多項國際一級賽事，奪得數十面的拔河金牌，其中又以女子的室內拔河表現最為傑出，已經分別在亞洲盃、世界盃及世界運動會締造五連霸及四連霸的佳績。光芒四射的金牌背後，其實是無數選手與教練和著血汗、忍住寂寞所寫下的「力拔山兮氣蓋世」傳奇。

「嗶……」代表比賽開始的裁判手勢揮下，兩隊選手就如同骨牌般應聲半倒、整齊劃一的分立對峙；她們青春的臉龐爬滿汗水、身體的線條則宛如拉至極限的弓，盡是厚繭的雙手，更死命握緊手中的成功希望。

震天價響的加油聲中，看似靜止不動的繩子，其實早已滿載兩隊選手相互試探的力道；數秒之後，眼見對手似乎有人腳步浮動，另一方的教練趕緊抓住時機，指揮隊員亦步亦趨的後退。

隨著「嘿噢、嘿噢」的進攻節奏漸趨緊湊，被強大力道牽引的對手，腳步也越發紛亂；終於在「剎」的大喊聲中，占上風的隊伍，發動最後一波的關鍵猛攻，再也挺不住的對手，只能不由自主的滑近決定勝負的中線……

臺灣之光——景美聯隊

這是世界知名的臺灣女力士——景美女中拔河隊，某次參與國內賽事的決賽現場。「每一場比賽的壓力都很大！」賽前綳緊神經、不發一語的景美聯隊教練郭昇，直至賽後才展開笑顏。

「景美已經拿過多次世界盃金牌，進軍世運會後，也希望能為臺灣寫下多次連霸的新紀錄！」郭昇說。[1]

屢在國際賽奪冠的景美女中拔河隊，無疑是家喻戶曉的「臺灣之光」。但早在景美女中闖出名號前，臺灣拔河代表隊已是國際公認最驍勇善戰的「大力士」。

「很多人不知道，拔河現在可是臺灣表現最佳的團體運動項目呢！」中華民國拔河運動協會祕書長卓耀鵬驕傲的說。

歷史悠久的拔河運動

要探討臺灣發展拔河的淵源，得先從拔河運動的演進談起。

拔河是歷史極為悠久的團體角力活動，迄今所發現的最早記載，可溯及至西元前二千五百年埃及Merera-Ku古墓內的壁畫。

中國則早自春秋時代即已出現，原為水兵船戰時的必備戰技「牽鉤」，後來演變為陸上的拉扯訓練，並傳入民間成為慶典時的娛樂活動。

盛唐時期，唐中宗、唐玄宗均曾舉行「千人拔河」活動，藉此向前來朝奉的胡人宣揚國威；文人薛勝也曾作〈拔河賦〉，文曰：「鼉鼓逢逢，士力未窮。身挺拔而不動，衣廉襜以從風，鬥甚城危，急逾國蹙。履陷地而滅趾，汗流珠而可掬……」將兩軍對峙不下的拔河場景，描寫得像戰場廝殺般緊張有趣。

唐代以降，民間愛好拔河的風潮始終不衰，並隨著移民傳至臺灣。由於這項活動具有形式簡單、易聚集人氣、短時間即能決定勝負等特質，因而成為傳統農業社會最常舉行的聯誼活動，甚至還發展出多種不同的玩法，例如過去曾在臺灣鄉間極為盛行的兩人角力遊戲「拉索仔」，即屬拔河運動的分支。

西方拔河的競技視野

不過，早期的臺灣社會，多將拔河視為農暇、團康或學校運動會時的餘興節目，沒有嚴格的人數及體重限制，也少有人將它視為嚴肅的體育運動。

但西方社會卻不然，早在十五世紀，拔河已是法國極為風行的運動，後來更成為英國的錦標賽項目。

目前正式比賽的「八人制拔河」，亦由英國開始倡導，甚至還成為一九〇〇年第二屆巴黎奧運會的田徑項目；然因當時的拔河運動規則並未統一，屢見競賽糾紛，最後在一九二〇年的第七屆奧運會慘遭刪除。

幸而國際間愛好者並未因此退卻，以英國、荷蘭為首的十四個歐洲國家，率先在一九六〇年成立「國際拔河聯盟」，統一室外拔河的規則，並依參賽八名選手的體重總和設立分級（從四百公斤到七百二十公斤，共分十級）。

一九八〇年，日本將原在室外的拔河運動延伸至室內；一九九〇年後，室內、室外拔河皆成為國際賽事的項目，大大提升拔河比賽的可看性與競爭難度。

斷臂事件化危機為契機

「八人制拔河」於一九九二年引入臺灣，幕後推手之一，則是畢生推動臺日體育交流，並曾獲日皇明仁頒授「旭日中綬章」的臺灣體壇耆宿吳文達。

當時吳文達認為這項運動規則明確、比賽節奏明快，也不受年齡、場地及階層限制，又有嚴格的體重分級可確保比賽的公正，非常適合先天體型不若西方人的臺灣選手發展，因此成立「中華民國拔河運動協會」，致力在各縣市及中小學推廣。目前名震全臺的景美女中拔河隊，就是在這段時間設立。

一九九七年，鑑於國內的拔河風氣日益興盛，臺北市政府與臺北文化基金會合辦挑戰金氏紀錄的「力拔山河：臺北市秋天萬人角力」活動，還參照唐代《封氏聞見記》的記載，設計古色古香的拔河繩（由主繩與兩邊分支的細小副繩組成）；但開賽不久後，繩索卻應聲繃斷，數十名參加者受傷，其中兩名傷者的左手臂更遭扯斷！

提及憾事，中華民國拔河運動協會祕書長卓耀鵬指出，拔河繩索在比賽時必須承受非常強勁的力道，因此國際賽對繩子的材質、口徑、長度皆有嚴格規定，絕不容許隨意變更。但當時臺灣仍對拔河運動欠缺嚴謹的安全概念，才會釀成重大意外。

巾幗不讓鬚眉的女力士

經過此次教訓，一九九八年後，教育部開始積極推廣符合國際規範的拔河運動，不但每年舉辦「全國各級學校拔河比賽」，還推動裁判、教練的師資培育，終於促使「八人制拔河」深入臺灣校園，至今每年參與拔河競賽的隊伍，均多達數百個。

拔河風氣日益興盛後，下個階段的目標就是走向國際。

二〇〇〇年，我國女子代表隊獲得世界盃女子室內拔河比賽的第六名，首度站上國際舞臺；數年後，「臺灣女力士」的應戰技巧及經驗更加純熟，成為世界盃、亞洲盃、世界運動會等國際賽事的常勝軍。

男生的表現雖不若女生，但從二〇一二、二〇一三年起，以中部拔河重鎮南投高中及明道大學為班底的男子代表隊，也開始在國際賽中嶄露頭角，之後多次贏得亞洲盃、世界盃的室內拔河錦標賽與公開賽的金牌，後勢可期。

耐力驚人的臺灣團隊

很多人好奇，臺灣人的體型，遠不如歐美選手高大健壯，如何能在國際賽中攻無不克？

「拔河是一項防守重於進攻的運動。」卓耀鵬指出，比賽時，兩隊選手均採半平躺的姿勢，看似按兵不動，其實選手都將力量集中在雙腳上，務求維持繩子與身體的平衡；但時間一久，一定有人會因肌耐力不足，鬆動腳步或姿勢，此時就是對手進攻的最佳時機。

「拔河比的是耐力而非蠻力！蠻力是天生的，但耐力須由後天的嚴格鍛鍊中培養，這正是臺灣團隊的強項。」卓耀鵬舉例，每次景美女中拔河隊參加世界盃時，一開始可能先處下風，但對手將景美拉至距離中線僅剩十公分時，常會發現再怎麼使力，也無法將肌耐力和穩定度超高的景美拉過中線，但自身隊伍的氣力卻已因一再進攻而逐漸耗盡。此時以逸待勞的景美發動反攻，常可一舉致勝。

深富哲理的運動

目前我國約有高達八成的拔河國手，出自清寒與弱勢家庭。他們的在校成績多半需要加強，體格和體能也未如球類、田徑選手般出類拔萃，投身拔河運動，常成為他們爭取升學的唯一途徑。

不過，若只為了升學而沒有熱情，絕對無法在拔河路上持續奮戰，「有多少芳華正盛的女生能忍受雙手盡是厚繭與傷痕，還得時時配合比賽快速減重或增肥呢？」卓耀鵬說。

景美女中拔河隊教練郭昇也表示，拔河是很單調的運動，也沒有投球入籃等「即時回饋」的樂趣，但隊員間相濡以沫的默契與關懷，卻是其他運動所遠遠不及。

「拔河不容許個人主義，不管是訓練瓶頸或體重控制，隊員都會彼此分擔壓力，務求『協助隊友多撐一秒鐘』。這種無私的革命情感，會讓人即使再苦也捨不得離開。」郭昇說。

其實，拔河運動深富哲理，它沒有突出個人的英雄，只有團隊合作的「大我」視野；以退為進、防守重於進攻的特質，更是禪詩中「退步原來是向前」意境的最佳寫照。

臺灣選手或許早已了悟箇中道理，才能在一場場艱鉅的比賽與人生考驗中獲勝。

註1：由景美女中和臺灣師大學生組成的「臺灣女子拔河隊」，已在二〇一七年波蘭世界運動會再度奪金，創下四連霸的新紀錄。

哲斌大叔的 運動頻道

LIVE

SPORTS CHANNEL

紀錄片《翻滾吧！男孩》，讓人看見宜蘭小學生與體操運動；2013 年的《志氣》，則改編景美女中拔河隊奪得世界冠軍的故事，電影中，莊凱勛飾演的「郭教練」，正是景美拔河隊的教練郭昇。

郭昇在媒體訪問裡，曾強調「全世界只有拔河和西式划船，是往後爭勝的項目」。景美女中並沒有體育班，拔河運動在臺灣也缺乏職業出路，郭昇只希望學生課餘參加拔河隊，因而鍛鍊出強健體魄；此外，拔河能訓練不怕苦的精神，「吃苦、退讓也是成功的哲學之一」。

拔河曾是奧運正式競賽項目，直到 1920 年代才被取消，但仍是世界運動會的正式項目，2017 年，臺灣女子拔河隊在波蘭世運會奪得金牌，主力選手就來自景美女中及臺灣師範大學。至於拔河風氣最盛的初中，首推南投埔里的宏仁國中。

搜尋關鍵字 景美拔河隊，郭昇，宏仁國中

界外三分球

運動競技外的背景故事，國家，族群，
性別，榮譽，歷史，及種種壓力。

引言／

「臺灣之光」教我們的一課

文／黃哲斌

上一章談到，「運動不只比賽」，也是產業與文化的一部分。如果再往外推，運動也常被視為國力的指標，也是國家榮譽的象徵；有些社會裡，運動甚至是性別與種族議題的縮影，上述種種，牽動著人權與政治、體育政策與財政預算。

二〇一六年，美式足球聯盟（Nation Football League，NFL）舊金山四九人隊四分衛卡普尼克（Colin Kaepernick），在賽前演奏國歌之際，刻意不站立致敬，反而單膝跪地，抗議少數族裔遭受歧視，此舉引發「不愛國」的爭議聲浪；球季結束後，沒有球隊願意與他簽約，卡普尼克成為失業球員。

二〇一七年，NFL少數球員聲援卡普尼克，同樣在唱國歌時單膝下跪，引發美國總統川普以不雅字眼辱罵，要求球隊一律開除；此舉刺激其他NFL球員，一度近兩百人加入抗議，甚至延燒到其他職業運動，職籃金州勇士球星柯瑞（Stephen Curry）、職棒運動家捕手麥斯威爾（Bruce Maxwell）都加入聲援行列。

或是電影《我和我的冠軍女兒》裡，描繪印度女性運動員的不平等待遇，一如該國女權遭壓迫的縮影，楊惠君的文章深刻探討這一點。事實上，不只印度，也不只電影裡的角力運動，女性運動員至今未能受到平等重視，除了網球等少數運動，女性無論職業收入或媒體曝光，都明顯低於男性。

當新聞媒體不時大幅報導「臺灣之光」，我們是否知道，在「為國爭光」的榮譽壓力背後，國家究竟給予運動員多少資源？運動員及家人在場上拼搏之餘，吞忍多少委屈、付出多少代價？

為何國家棒球代表隊徵召球員，經常四處碰壁、困難重重？為何不時發生戴資穎與羽協的「球鞋爭議」？為何單項體育協會常有類似「謝淑薇事件」的衝突？作為一名觀眾與公民，除了當一個「愛國球迷」，一味指責運動員之外，我們應該如何平衡看待運動、國家、社會與個人的關係？

這當然是件不容易的事，盧彥勳的故事是個起點，此外，我們可以更關心國家的體育政策、更支持本土職業運動、更理解臺灣運動員的國際處境、更積極培養自己的業餘運動興趣，唯有這一切條件的調和，才會讓臺灣有個長遠、正常、蓬勃的運動環境。

盧彥勳的孤涼
一窺臺灣運動員的處境

文／楊舒媚

節錄於《中時電子報》：http://forums.chinatimes.com/report/news_homerun/970826/01-1.htm，二〇〇八年八月二十六日，二〇一八年二月增修

照片由天下資料庫提供

默默流汗流血的運動員們，讓臺灣在世界舞臺上露臉，令人既驕傲又心疼。他們的背後有多少辛酸？為何我們的奧運選手，總是要靠自己打天下？誰又知道，壯年驟逝的父親，其實是盧彥勳堅持不放棄的意志源頭？

被譽為「網球王子」的盧彥勳，二〇一〇年闖進溫布頓公開賽男子單打前八強、世界排名攀升到四十二名，創下臺灣網壇前所未有的耀眼紀錄，也掀起全臺網球旋風。然而，在「臺灣之光」的新聞熱潮過後，少有人理解，小學開始苦練網球的盧彥勳，一路走來，心中背負的孤涼與寂寞。

盧彥勳驚豔網壇，轉折點是二〇〇八年的北京奧運，當年他在網球男單項目中，直落二打敗世界排名第六的「英國希望」穆雷（Andy Murray），不只臺灣，國際媒體也開始注目這位當時為二十五歲的亞洲好手。

然而，北京奧運之前，很少人注意到這位網球旋風兒，扛著國旗征戰全世界的盧彥勳，卻只能在個人官網上，公佈著「戶名：盧彥勳，帳號：012-10-318xxx」的小額募款戶頭；而且必須趁著參加美國公開賽，向紐約臺灣僑界舉辦「便當募款餐會」，湊個三、四桌，每人五十、一百元美金，藉此籌措旅費。

網球不像跆拳、射箭、棒球，被政府視為奪牌重點項目，擁有較多資源挹注，因此，盧彥勳大多靠著家人及少數贊助者的支持，加上自己不認輸的奮戰精神，從二〇〇一年的世界排名一千四百多名，一路爬升，二〇〇四年打進世界前一百強。然而，當他代表臺灣進軍北京奧運，卻發生「沒有教練在場邊指導」的窘況。

原因是，即使盧彥勳的哥哥盧威儒動用各種管道，敦請轉任網球教練的前國手連玉輝隨行，但唯二的教練卡留給「奪牌希望較高」的黃金女雙，盧彥勳只好到國際網球總會，希望申請臨時教練證，但對方告訴他，一個月前已截止申請，可是，「臺灣奧會並未提出申請。」

盧彥勳當場傻眼，他是國家派出去的代表隊，卻無人想到他沒有教練，連一個多月前申請「臨時教練證」，都沒人想起他。

於是在奧運期間，沒有教練在場邊陪伴練球，盧彥勳得拜託其他比賽認識的中國選手孫鵬與日本選手錦織圭，跟他一起熱身；當對方答應，開口要安排時間時，盧彥勳故意轉身看後面回答：「等等，我問一下我的教練。啊，原來我沒有教練……」語氣頑皮中透露著心酸。

當時，盧彥勳看著世界排名一二五的錦織圭，身後有兩個教練、一個防護員；再看看他擊敗的英國選手安迪・莫瑞（Andy Murray），至少有三個教練和一位防護員。但盧彥勳的「教練」連玉輝，最後只能拿著奧會發給選手的免費門票，坐在觀眾席上「看」他打球。

「在奧運中有教練，甚至比在自己的職業賽更重要。」盧威儒分析，因為在奧運，練球、預訂球場都要透過國家教練，何況還要分析對手、臨場戰術應變。師大運動科學所教授相子元也強調，隨身教練才知道選手特性、習慣動作，何時該讓選手喝水、怎樣講話選手才會聽，尤其是單項對峙的項目，賽中變化非常大，教練的臨場指導非常重要。前體委會主委、臺灣運動科學之父陳全壽甚至不解：「怎麼可能沒有教練呢？這是沒有任何理由的！」

有沒有教練的調教，差別在哪裡？之前，盧彥勳一度為發球所苦，甚至曾因輸球而萌生放棄的念頭，後來遇到德籍教練霍多夫（Dirk Hordorff）後，霍多夫從盧彥勳的拋球、擊球位置和擊球節奏進行調整，前後不過十幾分鐘的指導，後來，與盧彥勳練球陪打的盧彥儒說：「我的球拍差點被震掉！」

平常的訓練，教練好壞就能影響選手表現，何況是臨場教戰。但是，盧彥勳不僅在奧運場上沒有教練，也沒有防護員。

好的防護員，厲害到什麼程度？盧彥勳因打球而有椎間盤突出的毛病，臺灣大部分的醫生都告訴他，「沒辦法」、「要開刀解決」，他後來遇上一位德國防護員，教了他幾個復建動作，一個星期就解決盧彥勳的問題。還有一次，盧彥勳肩膀疼痛，防護員只是看看他前胸、後背的肌肉，就告訴他，因為他前面的胸肌練太大，把背往前拉，前後肌肉不協調才引發肩痛，要盧彥勳多練後背的肌肉。果然，盧彥勳的確因為拚命伏地挺身練胸肌，把胸肌練得太強，反而受傷了。

沒有教練、與中華隊八十名選手共用六個防護員，臺灣首度闖到世界排名七十的網球好手，就像公園打網球的阿伯一樣，隻身前往北京打奧運。但這種待遇並非頭一遭，長年以來，盧彥勳就是這樣「土生土長」，包括比賽前後各兩小時的暖身、延展，經常只有他的母親協助按摩、餵球。

此外，為了節省經費，盧彥勳和盧威儒兩兄弟吃遍世界各地的「吉野家」；還曾從美國國家網球中心，扛了二十幾公斤的水和食物回下榻旅館，只為省下幾十塊美金。

年輕的他們也曾被贊助商誆騙，簽下盧彥勳為他們打球、但對方什麼都不必付的「不平等條約」，讓當時的韓國教練拿不到贊助費，無法繼續指點盧彥勳。即使千辛萬苦打進世界百大，因為臺灣網球風氣不夠普及，很難取得廠商贊助與國家資助。

相對的，盧彥勳每次到中國參加比賽，都有對岸「領導」要盧彥勳「為祖國效力」，他們對他說：「小盧，你敢的話，全家移來大陸，你需要什麼資源，我們全力配合！」盧威儒說，真的因為「愛臺灣」，也不想讓常常伸出援手的李遠哲丟臉，因此「不願走上這一條路」。

中國官方頻拋媚眼，臺灣體育界卻把盧彥勳視為「頭痛人物」，因為他「不夠聽話」。盧彥勳是職業級選手，但官方常希望他代表國家隊打球，盧彥勳絕對願意為臺灣出賽，但是，官方對他的待遇，經常「不符比例」。

盧彥勳排名一千四百多名時，政府要他去打世界大學運動會，他去了，也拿下臺灣第一面男子單打銅牌。兩年後，他的排名已上升到一百多名，國家還是要他去打世界「大學」運動會，他當時還被其他國家的職業選手嘲笑，「你是職業選手耶！」盧彥勳仍然為臺灣拿下第一面男單金牌；但在這之前，盧彥勳代表臺灣參加臺維斯盃時（Davis Cup），手已經受傷，正因如此，打職業賽維生的盧彥勳，長達半年沒有任何比賽獎金入袋。

盧彥勳是職業選手，一年包括教練費、差旅費，至少要五百萬元支出；且他那時只是個剛出道、力求職業賽積分的選手，常常飛到一個國家，然後在第一輪就出局，什麼錢也沒領到，就必須再飛往另一個國家，輸贏壓力極大。

加上職業的競爭壓力高，光看訓練內容，體能訓練第一個項目：衝刺，三十公尺、五十公尺、七十五公尺、一百公尺，跑完走回原點，四個距離一個循環，要跑十個循環。第二項：雙手放在背後，雙腿直立預備，像青蛙一樣向上跳，大腿得碰到胸部，整個距離四十公尺，時間半小時。盧彥勳必須這樣日復一日，用體力執行這些常人無法忍受的職業級訓練。

但是，當盧彥勳提出奧運沒有教練的問題時，體委會卻只會發出新聞稿：「以『近三年』為例，政府給予盧彥勳個人的培訓、參賽及獎勵費用，已達新臺幣六百萬」，其實，政府每年補助只有一百二十萬，而他一年的支出就要五百萬。於是，盧彥勳一面打球，只好一面到處辦「募款餐會」。

打球的環境不好，但盧彥勳並未放棄，極重要的原因之一，就是盧彥勳已過世的父親，生前始終認為兒子能打出一片天。

二〇〇〇年，是盧彥勳網球生涯的轉折點。十二月四日，盧彥勳的父親驟逝，但那天早上，盧父才與連玉輝到林口體育學院（今國立體育大學），討論盧彥勳的未來。盧彥勳原本有幾個選擇，一是保送臺大，但必須放棄網球；二是出國，以盧彥勳青少年時期的打球成績，史丹佛、哈佛都會給獎學金，不過不能打職業賽；三是就讀林口體育學院。

但因盧彥勳父親心肌梗塞驟逝，頓失經濟來源的盧彥勳，首先就放棄出國讀書的念頭，又因父親的期待，讓盧彥勳不願放棄網球、選擇臺大；於是，他進入林口體育學院，然後轉入職業網壇。

不過，與其他國家相較，臺灣職業網球選手的處境，幾乎只能自力更生。例如，泰國每年提供約一千萬新臺幣，培養十四位青少年網球選手；除了培訓金、比賽獎金外，政府還要求國營企業每年贊助約千萬新臺幣協助培訓，選手同時享有免費機票、外交護照。

再看韓國，和盧家兄弟是好朋友的金東鉉，排名八、九百名，光是代表「釜山市」每年打一個不超過兩星期的全國聯賽，市政府就提供他所有比賽經費，包含機票、食宿，每個月還固定發他薪水，職業比賽獎金都歸他自己所有，並保證退休可以進入市政府擔任公職，或當釜山市代表隊教練。

反觀臺灣體壇，二〇〇一年，盧彥勳快要拿到職業比賽第一分時，突然受傷，從中正機場用擔架抬出來，那一天，在輔大打乙組比賽的盧威儒，接到弟弟受傷的消息，雖然自己拿到單、雙打雙料冠軍，絲毫沒有半點喜悅，他與母親望著盧父的遺照，整整三個小時說不出話。

二〇〇七年臺維斯盃，盧彥勳以「一萬美元出場費」訴求國手的不公平待遇時，卻被臺灣網壇說他「不愛國」，當時，盧彥勳訴求的重點不在金錢，「我要的是網協對選手的尊重。」後來盧彥勳因「維持紀律」之名，被網協逐出臺維斯盃中華隊行列。

幾度，盧彥勳煩躁不安，甚至萌生退意，都是在哥哥的安撫下平息，但盧威儒沒辦法場場比賽都跟著他，盧彥勳也只能寄託上帝。下次你可以注意，每當盧彥勳贏得關鍵球，總會有個動作：親吻手指後指向天空，就是在感謝上帝，以及父親在天之靈。

這位為臺灣奪得五面亞運獎牌的「網球一哥」，如今已經成家、當上父親，仍然在孤獨的網球道路上，與傷痛搏鬥、在場上奮戰，他的血淚故事，正是無數職業運動員的勇氣縮影。

哲斌大叔的▶運動頻道

LIVE **SPORTS CHANNEL**

我們常在新聞媒體看到「臺灣之光」，但當國家隊徵召職業球員時，也常看到徵召不順利的新聞，難道，這些球員不願為國爭取榮譽嗎？盧彥勳的奮鬥故事，提供一些答案。

臺灣運動員在成長、培訓過程中，確實曾接受國家資源；但更多時刻，他們必須忍受孤獨與冷眼，靠著己身力爭上游。即使代表國家隊出賽，有時仍身陷奧援不足的窘境，甚至面對不合理的責難或懲處。

當網球女將謝淑薇退出 2016 年里約奧運國家隊，曾受到「不愛國」的批評，事實上，費德勒等世界排名前十名的男女網球好手，只有半數參加里約奧運。

當我們思索「國家榮譽與個人成就如何平衡」、「政府及民間如何協助職業與業餘運動發展」、「政策與制度是否對運動員友善」等議題，盧彥勳的故事，是個很好的起點。

搜尋關鍵字 盧彥勳，ATP，國家隊徵召

那些印度的冠軍女兒 從運動逆轉勝

文／楊惠君

原刊載於二〇一七年四月十一日《獨立評論@天下》網站：
https://opinion.cw.com.tw/blog/profile/267/article/5536

照片由路透社提供

印度還是一個女性足足比男性少了快四千萬的國家，殺女胎、童婚等一直存在，女孩們需要一個「冠軍」才足以逆轉勝，冠軍能帶來的改變如此之重，也正是她們上場最沉重的激勵與負累。

「我希望印度未來有一天，是一個可以讓人民不會再害怕的地方，不論婦女或小孩都能得到該有的保障。」印度國寶級的藝人阿米爾・罕（Aamir Khan），再度以《我和我的冠軍女兒》召示了他的「印度良心」。

這部取材印度女子角力運動員真實故事的電影，創造驚人票房，也讓印度嚴重失衡的女權現況又一次被高度關注。

而無論在影壇或體壇上，印度女性承載來自國族、宗教緊箍咒般的宿命與壓力，始終是個黑暗的深淵；婚嫁，幾乎在每一個真實或影片裡的主角都是關鍵情節。

以後，我們的女兒能選擇她想要的男人

印度第一位國際級超級巨星的女子運動員，可以算是女子網球的米爾扎（Sania Mirza）。

二〇〇三年米爾扎（Sania Mirza）以溫布頓青少年女雙冠軍出道，驚豔女子網壇，長相絕美、身材曼妙，打法殺氣十足，球質又沉又重，很有前球后莎莉絲（Monica Seles）的味道，在以李娜為首的中國金花冒出頭前，先一步受到世人的目光，當時不僅是印度希望、也被視為亞洲希望。無論顏值和球風，都讓人享受。

《我》片裡的女子角力姊妹吉塔（Geeta Phogat）、芭碧塔（Babita Phogat）用田裡簡陋的沙地當練習場，米爾扎一樣從貧瘠地裡土法煉鋼起步，六歲開始打網球，她的家鄉沒有泥地球場、也沒有硬地球場，就在牛糞堆成的場地上面練習。

「這不是玩笑。那是我們僅有的球場。」她曾嚴肅的對世人如此說。

吉塔和芭碧塔走入角力賽場飽受嘲弄、排拒，米爾扎還更多了「生命威脅」。

二〇〇五年，米爾扎破天荒成為印度首度闖入美網女子單打十六強的女子選手後，只因為她與一般女網選手一樣，穿著無袖、短裙上場比賽，這項舉動讓她遭到伊斯蘭領袖以「宗教諭令」（fatwa）發出威脅，批評其衣著「不合體統」、褻瀆伊斯蘭教，恐嚇不讓她上場比賽。在之後她的比賽，入場維安升至最高等級。

但這個印度女孩的勇氣，實在驚人。

就在她成為全印度人的「甜心偶像」之際，竟與自己青梅竹馬解除婚約，選擇與印度宿敵巴基斯坦籍的板球隊長馬里克（Shoaib Malik）結婚，這回又遭印度教派不滿，甚至有印度人民當街焚燒她的肖像。而馬里克則被巴基斯坦以「紀律不佳」禁賽一年。

「以後，不是男人來選擇女兒，我們的女兒可以去選擇她要嫁的男人。」《我》片裡那個因為自己未竟角力國手夢而全力栽培女兒的瘋狂老爸瑪哈維亞（Mahavir Singh Phogat）這麼說。

婚姻自主，確實是女權最根本的指標；你沒有辦法強大到壓制全體社會，只能被社會徹底壓倒在地，人生就是一場角力賽。

「五分（角力以分數勝的最高得分）很難，但不是不可能！」這是《我》片裡最讓人熱血沸騰的一句臺詞。說的不僅是比賽裡勝算微乎其微也不能放棄勝利的態度，更是指與自身宿命搏擊時，也不能放棄一絲希望之光。

讓印度光采的女兒們

近年因為受傷，放棄女單轉攻女雙的米爾扎，二〇一五年到二〇一六年，與瑞士公主辛吉絲（Martina Hingis）搭擋創下三十六連勝、連奪八冠的輝煌紀錄，並登上了女雙世界冠軍的位置。她是聯合國南亞地區的婦女親善大使，也是二〇一六年《時代雜誌》百大最具影響力人物中唯一入圍的網球選手。

扭轉印度女性不平等的命運，是這些冠軍女孩極力挑戰的那個「五分」，而米爾扎肩上的擔子，再多了一個「改善印巴兩國的關係」。

二〇一六年，除了米爾扎贏得網球大滿貫，更是印度女孩在運動場上大放光芒的一年。

里約奧運上，《我》片裡真實主角吉塔的小同鄉馬利克（Sakshi Malik）在角力項目為印度拿到敲開零獎牌的一面銅牌，吉塔姊妹與馬利克即出身於印度最保守的哈里亞納邦（Haryana），這裡既是印度角力冠軍之鄉、又是男女性別失衡最嚴重的地方，男孩與女孩的比偏達一千比八百七十九，直到吉塔家族和馬利克出現後，哈里亞納的角力冠軍才開始有了女生。

羽球場上讓臺灣人心碎的辛度（P. V. Sindhu），十六強擊敗了我們的戴資穎後，更是大驚奇的為印度人摘下了一面銀牌。這位身高一百七十九公分的長腿姊姊，備戰奧運前，每天得凌晨四點就摸黑出發到離家二十公里外接受訓練。如今「一天」的廣告代言費高達六百萬新臺幣，寫下印度最驚人的「辛度瑞拉」傳奇。

當馬利克在角力場上摘下奧運銅牌後，同胞男子板球明星施瓦格（Virender Sehwag）在 Twitter 寫下：「如果你不殺掉一個女孩，會有什麼事發生……幫我們挽回尊嚴的是我們的女孩。」

如此言論，引發共鳴、但也引發爭論。

因為「女性不該是因為取得成就，才值得擁有生存權的」。印度政府這兩年極力高喊「救救女童，教育女童！」馬利克的媽媽則單純的希望：「讓女童玩吧！」

讓冠軍逆轉勝

但現實還是很嚴峻，世界不是平的、運動發展的立足點更不是。

二〇一七年的世界棒球經典賽（WBC）冠軍之戰中，美國隊以八比〇完封波多黎各，美國隊外野手瓊斯（Adam Jones）認為，波多黎各比賽還沒開打就決定在首都聖胡安舉行封王遊行、還印製了冠軍T恤，激到了美國隊，因為「不爽」才全力取勝。

波多黎各隊長莫里納（Yadier Molina）賽後悲憤要求瓊斯道歉，因為他並不了解這一場比賽對波多黎各的意義。

對棒球大國美國來說，贏得一次經典賽或許不算什麼，但波多黎各打入WBC決賽，全國人民凝聚一心，和隊員們一起染上金髮，波國染髮劑賣到缺貨，大家都守著電視看球賽，甚至犯罪率也降低。

《我》片裡，教練老爸對她的女兒說：「銀牌，會獲得矚目，但很快大家就忘了；冠軍，冠軍會完全翻天覆地。」

金牌、冠軍的分量，有些國家很輕、有些國家很重。印度，還是一個女性足足比男性少了快四千萬的國家，殺女胎、童婚等陋習一直存在，女孩們需要一次「五分」、一個「冠軍」才足以逆轉勝，冠軍能帶來的改變如此之重，也正是她們上場最沉重的激勵與負累。

哲斌大叔的 ▶ 運動頻道

LIVE **SPORTS CHANNEL**

不只印度有性別歧視，2012 年倫敦奧運時，沙烏地阿拉伯破例派出兩名女性運動員參賽，但在國內，女性仍不准參加體育活動。即使在歐美，男女在運動場上遭受的待遇，也有明顯差異。美國明尼蘇達大學的研究顯示，女性占全美運動員人口的四成，但他們獲得的媒體報導只占不到 5%，在大型電視網的曝光度更低到 1.62%。

薪資報酬也是如此，據 2013 年統計，美國女子職籃六年以上資歷的球員，最高薪資只有 10.75 萬美元，相較之下，男籃湖人隊的柯比．布萊恩年薪超過 3000 萬美元；英國足總盃男子冠軍隊能獲得 180 萬英鎊獎金，而女子盃賽冠軍只有 5000 英鎊。為了抗議待遇懸殊，美國女子冰上曲棍球隊曾在 2017 年威脅罷賽。

女性參與運動比賽，是一段不斷打破性別框架、爭取平權的過程，1967 年波士頓馬拉松、1973 年女網選手金恩夫人、電影《紅粉聯盟》都見證這些故事。

搜尋關鍵字 女性運動員，波士頓馬拉松，紅粉聯盟

奧運光環消退
大型運動賽會為何退燒？

文／陳子軒

原刊載於《The Big Issue Taiwan 大誌雜誌》八九期，二〇一七年八月

照片由 Shutterstock 圖庫及天下資料庫提供

如果我們不要好大喜功式的競逐主辦權，而是把這些等量投注的資源轉化成學校、社區、社團等運動深化而遍地開花，遠比一次兩個星期燃燒殆盡的焰火，更符合依舊在臺灣社會邊緣的運動發展。

二〇一七年夏季世界大學運動會八月在臺北舉行，如同官方宣傳的，這是臺灣所舉辦過最大規模的運動賽會，參與者總數是奧運之外的最大型賽會，也是高雄世運與臺北聽奧的四倍之多。

不管是興奮、無感或是厭惡，我們不妨先回頭來問問，這麼大規模的國際賽事，在外交戰場節節敗退的臺灣，如何輪得到臺北來主辦？

首先，我們不能否認，即便是世大運如此規模的賽事，依舊是一項分齡賽事，國際大學運動總會（Fédération internationale du sport universitaire，FISU）將參賽年齡定為十七到二十八歲（籃球較為特殊，上限為二十五歲。儘管絕大部分的運動員的巔峰不脫這個年齡範疇，但是許多國家將其定位為次級，甚至是培訓、聯誼性質的賽事。

既屬次級，那麼處處在國際舞臺打壓臺灣的中國，就保有將其作為一個對臺戰略的測試舞臺。臺北市是在二〇一一年十一月獲得主辦權，但是二〇一七年五月，中國卻宣布將不會參加世大運的團體賽，其實就是兩岸政治氛圍的縮影，也正是臺灣處處需要仰中國鼻息的困境。

時至今日，或許我們該問的是，「我們當初幹麼要申辦？」

不只是兩岸氛圍大不同，國際社會也逐漸看透由大型賽會構築出來的絢麗泡泡，一九九二年巴塞隆納奧運，不只是由神箭手點燃聖火的絢麗開場、籃球場上有NBA球星組成的夢幻球隊等歷史性的時刻，場外的基礎建設、觀光產業以及後奧運的整體經濟發展，使得它被譽為史上最成功的奧運，也讓世界各大城市紛紛起而效尤，從左頁的圖表就可看出，在巴塞隆納後，申辦城市數量的高峰榮景。

然而，時至今日，原先有意申辦的布達佩斯、漢堡與羅馬先後自動退出了競逐的行列。國際奧委會在二〇一七年七月十一日破天荒宣布，二〇二四與二〇二八年的夏季奧運，將由巴黎與洛杉磯主辦，但誰先、誰後？國際奧委會卻說：「請兩個城市先自行協調。」

曾幾何時，奧運這等級的超大型賽會（mega-

奧運申辦城市數

	申辦年度	舉辦年度	獲選城市	申辦城市數
冬季奧運	1995	2002	鹽湖城	9
	1999	2006	杜林	6
	2003	2010	溫哥華	7
	2007	2014	索契	7
	2011	2018	平昌	3
	2015	2022	北京	2
夏季奧運	1997	2004	雅典	12
	2001	2008	北京	10
	2005	2012	倫敦	9
	2009	2016	里約	7
	2013	2020	東京	5
	2017	2024 & 2028	洛杉磯 & 巴黎	2

event），不再是各國爭著服用的政治、經濟、觀光、運動的萬靈丹，反倒已經變成各國眼中的灼口毒藥，圖表同樣明顯的表現了這個大趨勢。

其中未來兩屆冬季奧運將連續在東北亞舉辦，與奧運各大洲輪辦的默契顯然不符，加上一次宣布了洛杉磯與巴黎，原因無他，就是奧運已經乏人問津了。

一些開發中國家欲以奧運作為推升國家地位的觸媒，除了北京奧運可謂中國崛起的象徵之外，雅典奧運、巴西先後承辦了世界盃足球賽與里約奧運，但下場卻是希臘政府破產，巴西面臨內憂外患的困境。

「經濟效益預計至少有新臺幣五十億元至一百億元，」贏得世大運主辦權的臺北市政府如是說。

然而這類大型活動所創造出的經濟效益，其實都只是一貫由觀光客人數和消費支出為預想的基底，輔以投入／產出的模型來計算，並帶有所謂的乘數效果，但是這類數字與其說是估算，不如說是行銷公關公司以及既得利益者在過程中的宣傳伎倆，這些過度膨風的數字在安德魯・辛巴里斯（Andrew Zimbalist）所著的《奧運的詛咒》一書已經得到拆解。

再者，奧運等大型賽會，不論是申辦、舉行乃至賽後，「遺產」已經變成無所不在的關鍵字，從交通、通訊等大型公共建設、運動場館、奧運精神、環保、全民運動，都被主辦城市與國家拿來宣稱是舉辦大型賽會所遺留下來的資產，但大型賽會短期而高密度的特性，讓許多上述的所謂資產，反而成了蚊子館、荒廢的道路等負債。

即使是貴為中國崛起輝煌舞臺的北京，其國家體育場除了當初建造成本約一百五十億新臺幣之外，每年也仍需要三億新臺幣的維護成本，但除了少數超大型演唱會以及歐洲足球豪門巡迴之外，大部分時間都是門可羅雀的「鳥巢」。

回到臺灣，忠孝東路與光復南路口的大巨蛋，成為臺北市中心避不開的醜陋存在，這礙眼的存在倒是不斷提醒著主事者，原先希望以世大運成為臺北進步的催化劑的夢想有多麼脆弱。

連奧運都逐漸失寵之際，這正告誡世人，想要藉由大型國際賽會向上提升是需要按部就班，而非一蹴可幾的。本身經濟、運動文化與參與不夠成熟，以及重大基礎建設體質不夠健全，那麼這些大型賽會只會是一面照妖鏡；反觀運動物質層面或是文化資產已然深化的社會，這些大型賽會的舉辦會是水到渠成的，一方面較能吸納大型賽會帶來的負面衝擊，另一方面更能創造真正永續的運動文化遺產。

無限期停工的大巨蛋，在在提醒著大家：「臺北需要大巨蛋嗎？」（王建棟攝）

我們就取兩屆二十一世紀的世界盃經驗對照看來，足球之於德國，是再自然不過的存在，二〇〇六德國世界盃的舉辦，因此是順其自然的，儘管花費將近二十億美金的代價新建或是大規模整建球場，但所遺留下來的球場，也順勢將德國甲級聯賽推向全世界平均觀眾數最多的職業聯賽；反觀二〇一〇年的南非，足球的基礎遠不如德國，為了滿足國際足總的相關條件，硬是興建遠大於實際長期需求的球場，以當年決賽舉行的足球城市（Soccer City）球場為例，這個容量九萬四千人的球場，在由當地職業球隊凱瑟酋長隊（Kaiser Chiefs）進駐之後，如今平均每場觀眾也不過是一萬三千人左右（這在南非超級足球聯賽已經是頂尖的觀眾數了）。這樣還不算是資源錯置的浪費嗎？

回頭看看臺灣，運動依舊在國族主義幽魂主導下，屬於市民社會的運動文化未臻成熟，這樣大規模但密集而短期的賽會對於臺灣整體運動環境提升是極為有限的，不論是成了蚊子館或是建了再拆的臨時設施，說穿了都是資源的浪費。

如果我們當初不要好大喜功式的競逐主辦權，而是把這些等量投注的資源轉化成學校、社區、社團等運動深化而遍地開花，遠比一次兩個星期燃燒殆盡的焰火，要更符合依舊在臺灣社會邊緣的運動發展。而且，更實際的是，顯然中國在國際舞臺不會再賦予臺灣更大的空間，所以，就讓我們向大型賽會說聲，「再見，再也不見」。

哲斌大叔的運動頻道

LIVE　　SPORTS CHANNEL

雖然，夏季奧運仍是參與運動員最多、收視人口也最高的超大型賽事，但不可否認，奧運等大型賽事也出現泡沫效應。

雅典奧運重創希臘經濟，整體花費超出預算高達 796%，進而導致財政崩盤，無疑是一記警鐘。即使成熟經濟體如日本，成功申辦 2020 年東京奧運，但在國內始終反彈不斷，主要疑慮還是經濟衝擊，政府公債已超過 10 兆美元，再加上新建場館的支出，恐怕會雪上加霜。

臺灣為了爭取國際曝光度，對於主辦大型賽事經常陷入迷思；但近年的國際經驗，加上失敗的臺北大巨蛋，衍生公共安全、砍伐路樹、交通衝擊等諸多爭議，臺灣如何衡量短期賽事的絢麗效應，將有限的公共資源，投注在深化民間運動根基上，這是作者陳子軒給我們的重要提醒。

搜尋關鍵字　希臘破產，臺北大巨蛋，護樹聯盟

體協改革
對臺灣體育有多大幫助？

文／林佳賢

原刊載於二〇一七年十月十二日《天下雜誌》
網站：https://www.cw.com.tw/article/article.action?id=5085522
照片由 Shutterstock 圖庫提供

> 根據中研院的最新研究，一個國家的政治制度是否透明、民主，與該國的體育表現息息相關：即使經濟高度發展，如果沒有民主體制及相應的透明、鼓勵競爭的體育法規作搭配，該國的體育賽事表現反而會走下坡。

二〇一七年舉辦的亞洲盃男子足球資格賽，中華男足以二比一逆轉擊敗巴林，寫下臺灣足球歷史性的一刻，更延續八月世界大學運動會以來，臺灣社會對體育賽事的熱情。趁著這波全民運動熱，立法院在八月底會通過《國民體育法》修法，允許以個人資格加入各單項運動協會，希望開放社會大眾參與體協，推動體育協會改革。

體育協會改革對一個國家的體育表現有多大的幫助呢？根據中央研究院的最新研究，一個國家的政治制度是否透明、民主，與該國的體育表現息息相關：即使經濟高度發展，如果沒有民主體制及透明、鼓勵競爭的體育法規作搭配，該國的體育賽事表現反而會走下坡。

中研院社會所副研究員林宗弘的研究團隊，針對世界各國的足球賽事表現進行研究，發現一個國家的足球實力，與當地經濟發展與民主化程度息息相關。富裕又是民主體制的國家，足球實力愈強，為什麼？

這篇名為「足球政治經濟學：男足積分之跨國資料分析」的論文（第一作者臺大社會系博士班吳家裕、第二作者香港中文大學博士班溫健民），主要從國家發展的數個面向，研究這些面向與國家體育發展的關係。論文探討的面向包括經濟發展、民主化程度、貧富不均的程度、政府角色的大小、足球發展歷史長短（足球協會成立年數）等。

研究團隊選定一百三十一個國家，分析這些國家從一九九九年到二〇一四年間國際足協總會積分，發現與上述各指標的相關性，經濟發展、民主化程度和積分之間有正向關係。此外，非民主國家的經濟發展程度越高，積分反而越低。

作者在論文中指出，民主化程度對一個國家的體育發展有正向提升效果，包括促進足球協會透明化，減少舞弊、賽事不公平判決等有害賽事形象的事件發生。此外，相對於專制國家，民主國家傾向於投資更多資源在足球、棒球等大眾運動項目，發展貼近大眾生活的體育賽事。

研究團隊在論文中表示，過去研究足球與國家發展之間關係的學術研究，分析角度多半集中在經濟發展與足球表現的關係，但經濟發展與民主體制需要相互配合，才能提升足球表現的效果。

例如開發中民主國家，傾向於投注資源在基礎建設、教育等公共財，較不重視足球等體育項目；經濟高度發展的專制國家，當地足球俱樂部則較難獲得私人企業贊助和球迷，政府也不鼓勵有大批群眾聚集的活動。唯有富裕民主國家，才能透過透明和鼓勵競爭的法規，提供投資人投資誘因，吸引更多才華洋溢的運動員加入。

哲斌大叔的運動頻道

LIVE　　SPORTS CHANNEL

中研院社會所的研究，示範了運動數據背後的意義投射：藉由足球國家的世界排名，排比經濟與政治強弱的關聯度。

英國媒體《經濟學人》（The Economist）曾由反向角度，比較「全球最受歡迎的運動賽事」。如果以「觀眾數」作基準，世界盃足球賽與夏季奧運是最多收視人口的比賽；若以「現場觀眾數」而言，美國職棒大聯盟每年 7300 萬人次居冠；一旦以「單場平均觀眾數」為準，國家美式足球聯盟（National Football League, NFL）拔得頭籌，德國甲級足球聯賽居次。

若以「營收」排序，歐洲職業足球每年約創造 163 億歐元的收入，美式足球聯盟為 90 億美元，美國職棒為 72 億美元，美國職籃 NBA 則為 41 億美元。

搜尋關鍵字 政治經濟學，經濟學人，足球歐冠盃

LIVE

SPORTS CHANNEL

還有一種輕鬆的運動數據，哈佛大學醫學院曾整理一個「各項活動消耗卡路里列表」，英國廣播公司 BBC 則以每小時為基準，換算為一名體重為 70 公斤的人，各項運動及日常活動的熱量消耗，結果很有趣，也有點警世作用：

游泳一小時
= 5.5 罐可樂

騎自行車一小時
= 2.9 個甜甜圈

跑步一小時
= 1 份大麥克漢堡
及薯條

跳舞一小時
= 3 杯紅酒

嚼口香糖一小時
= 1 片洋芋片

閱讀一小時
= 4 片洋芋片

坐在電腦前一小時
= 1/3 條巧克力棒

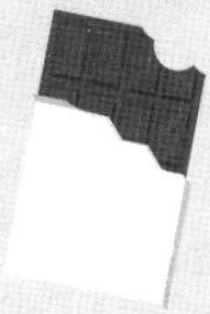

體育改革的抉擇
更多國家控制？更多社會支持？

文／林佳和（口述），林韋萱、葉瑜娟、陳貞樺（整理）

原刊載於《報導者》網站：https://www.twreporter.org/a/opinion-national-sports-act，二〇一七年八月三十日

照片由 Shutterstock 圖庫提供

當社會對單項體育協會一片罵聲，期待更大有為政府的同時，林佳和提出想法：體育改革究竟應該有更多的社會支持？還是要更多國家控制？

臺灣的問題，若要濃縮成一句話就是：「體育」跟「運動」分不清楚。運動是屬於社會的，體育是國家的。

大多數國家的運動發展是由政府的文化部主管，因為運動屬於文化生活的一部分；很少有國家跟我們一樣，是由教育部主管體育。眾所周知，教育的功能比較強調馴化跟國民養成，而不是強調自主發展。

臺灣的運動發展先天不良，後天失調。日本在明治維新時，學習普魯士把教育當成是訓練國民的手段；而日治時期臺灣又跟日本學了這一套。當時雖然重視體育，但其實是把體育視為教育、甚至是軍事教育的一部分。

在先進國家，運動是標準的社會產物，許多家庭的成員都參與運動俱樂部，也了解「想要運動就得要交錢」的道理。以德國為例，德國有八千萬人口，超過五百萬人登記為足球員、超過八十萬人登記為手球選手。大部分的「球員」其實都打得不怎樣，但完全不影響大家的興致。也正是因為投入運動的人口眾多，才能建立起健康的金字塔型：有充分的運動人口，才能支持上層、少數運動菁英。

臺灣最大的問題就是運動發展缺乏社會支持的基礎。僅有少數的運動，例如棒球、籃球、羽球、桌球，才會有機會發展成「金字塔型」。多數運動只容得下菁英，只有打得最好的人才能進入校隊，而校隊若沒有打到全國前幾名，就有可能被解散。但在德國有三萬支手球隊，絕大多數都沒有機會擠進前面的名次，但大家還是樂此不疲，因為運動的目的不是名次，而是生命實踐的一部分。

在臺灣，體育從一開始就是國家控制的模式。像是棒球交給國民黨經營、足球給華視經營、橄欖球給臺視經營；單項協會跟政治也脫離不了關係，協會的資源要政府挹注、協會的領袖是政治人物。像是籃球理事長是國民黨前立委丁守中；陳水扁擔任總統時期，也要前國安會祕書長邱義仁擔任足球協會理事長。

由於我國運動人口不足，觀眾也少，導致商業化困難。很多賽事需要政府要去求企業「拜託啦！支持一下職棒。」這也強化了人民認為運動就是政府責任的觀念。

陳水扁時期的體委會主委陳全壽下臺的原因，是因為二〇〇六年亞運中華臺北代表團奪牌目標失敗。這其實很不合理。以射擊比賽來說，影響準度的因素太多，也許是家裡有狀況，或是剛好有什麼念頭飄過，都可能會影響選手的穩定性。因為穩定性不夠錯失奪牌機會當然可惜，但為什麼要官員為此下臺負責？

全世界很少有國家會用選手的運動表現來決定官員的去留，為什麼臺灣會這樣？就是因為我們對國家系統有太多投射。但別誤會，我沒有說國家不用負責任，但要找到一個健康的方向發展。

不論是體育界或其他領域，很多人都認為國家應該更照顧我。然而，這是種未必符合當代的講法，就像很多人懷念威權世代一樣。韓國有個制度實施非常久，就是國家會提供奧運金牌選手房子和終生工作；但在歐洲，會覺得選手拿金牌很棒，恭喜你，但關國家什麼事？

很多人聽了這個說法會生氣：你不知道運動員從小訓練很辛苦嗎？但各行各業誰不辛苦呢？運動員當然需要出路、需要某種安排，但不是一切交給國家。

我們有很多不該有的觀念，像是「體育即國力」，或是出國比賽就是為中華民國爭光。我反對這樣的觀念，這樣只是在鞏固落伍的國家性。

我國運動員會如此仰賴國家，有一個原因就是體育班。體育班的存在導致運動訓練常常成為運動員的全部。體育班的孩子經常從早上六點多就開始晨操，下午專長訓練，有些到晚上還要練習。過去有些球類運動，教練甚至要小朋友抱著球睡覺，感覺球是身體的一部分。所以打起球來純熟到看不出年齡，也常常在國際賽上拿冠軍。但也因為菁英教育，導致運動員除了運動沒有別的專長，退役後也常面臨職涯發展困難。

為什麼其他國家不用擔心運動員退役後的職涯發展？就是因為從小健康發展。美國參加奧運的跨欄選手是化學博士，德國手球國家隊守門員、當選過世界手球選手的 Andreas Thiel 是律師，捷克以前的足球國家教練是哲學系教授。要認清的是，就算運動最發達的國家也不可能將每項運動都發展成職業運動。運動只是運動員生涯的一部分，不應該成為唯一的專長。

我自己會放一部關於東德國家培育運動員的紀錄片給學生看，講述所謂東德的運動奇蹟與祕密。他們的訓練方法非常殘忍，例如曾經爆發過，為了讓女性跳部選手更有爆發力與肌力，曾被揭發強迫懷孕幾個月後墮胎，再去參賽的殘忍事蹟。這些國家為了得到好成績做到這種地步，如今很多運動員出來控訴國家迫害，我們還要走回國家控制的老路嗎？

從國家控制走向社會支持雖然是健康的方向，但也要漸進。第一步就是，不要讓運動成為運動員的全部；第二，運動要普及，不要菁英。

厚實社會支持的基礎，其實是文化問題。有人說臺灣的情況可能是文憑主義導致，但同樣重視文憑的日本、韓國從八〇年代就開始發展幼兒足球，目標是有一天要舉辦世界盃足球賽，他們也在二〇〇二年達到目標。現在日本的足球排名在世界不低。但重點不是成績，而是足球的運動人口已經超過棒球了，日韓皆然。

可以達到這樣的成績，一方面有賴家長的觀念；另一方面是企業界的支持。日韓的企業都很支持運動，認為有助於社會形象。臺灣的企業比較偏向一次性的支持單一運動活動與比賽，像是路跑或特定比賽的冠名。但一次性的支持並無助於運動發展，運動發展需要更長期穩定的支持。例如美孚建設長年支持文化大學棒球隊。但大多數情況還是要靠政府拜託國營事業支持，例如羽球、桌球等。

幾年前修法，讓支持運動的企業可以抵稅，但效果依然不好。很多人期待快速的方法，就是由國家召集企業一起成立聯盟，發給運動員薪水，這種都是速食的方法，只是治標不治本。

臺灣運動長久的問題，就是投入運動的人過度小眾，運動始終是少數人在玩，少數人某種程度主導甚至扭曲這個領域的文化。當過去在政治高壓的時候，這些衝突會隱藏，但現在可以自由控訴或是爆料，各種問題就會展現。

對於單項協會的檢討其實是好事，唯一要擔心的是，不要矯枉過正。不是讓政府單位公親變事主。舉例來說，二〇一七年《國民體育法》的修法中，我贊成自然人加入協會會員，也支持財務透明。而且不只是政府補助款要公開，連自籌的款項也要公開。但有部分的條文，如果操作不好就可能被視為國家公親變事主。

例如，在避免特定人士專斷把持的部分，修法後將明文規定理事長、祕書長的配偶與三等親不得擔任工作人員，也不得在同一特定體育團體擔任理事與監事。修法條文中「國家代表隊教練與選手的選拔辦法由中央主管訂定。」我認為干預太多，政府的監督應該就事論事，而非插手人事組成。

另外，國家介入程度與方式的拿捏，也會影響到我們對於運動紛爭仲裁制度的選擇。理論上，運動員與協會的仲裁制度有三種模式可以選擇：

第一，是直接給政府做。由政府解決運動員與單項協會的紛爭。這個提案還好很早就被否決，因為違反國際奧林匹克憲章。國際奧林匹克委員會非常堅持，國家不可以介入運動紛爭，也不能介入訓練。

第二，當爭議發生時，國家是局外人，由單項協會跟運動員自己解決爭議。這個模式最符合國際奧會期待，也是很多國家採用的方式，例如國內圈內人很熟悉的日本，但最不符合立委與民眾的期待。

第三，由國家或是奧會，共同成立仲裁機構。這個機構完全自主中立，國家雖然協助成立但完全不干預。目前傾向採取這個方式，既符合立委期待，又不違背奧會憲章。

自二〇一六年里約奧運以來，體育改革產生許多股力量，包括廣大民眾、立法委員、單項協會，政府態度。這四股力量彼此拉扯，讓我們在討論各種問題時「究竟要多少的社會自主？多少的國家干預？」並沒有一致的邏輯與信念。

我反對把體育推往國家控制的方向，但不代表我認為國家可以置身事外。國家應該用它有限的資源和能量，打造一個適合發展成金字塔的運動環境。我國的運動若要走向社會自主的方向，可能會歷經許多混亂跟陣痛，但我不會很在意，因為臺灣還是必須邁向進步國家的方向。

哲斌大叔的 ▶ 運動頻道

LIVE　　SPORTS CHANNEL

林佳和兼具法律學者及單項運動協會監事的背景，他提出一個很好的問題：體育是國家的、運動是社會的；至於「國家在運動領域的角色」，則需要全民思考、討論，形成政策。

越是由下而上的「金字塔型」運動，越能形成穩定、健康的生態圈。例如日本甲子園或臺灣三級棒球，由於自校園扎根，培養足夠的運動人口及觀眾，慢慢往上堆疊，自然形成職業與業餘比賽，再加上民間企業認養贊助，頂尖運動員才能無後顧之憂，專注投入比賽，創造精采的體能競技。

至於由上而下的「國家扶植型」運動，則有其風險與極限，東歐及前蘇聯是典型例證。然而，政府如何扮演倡導運動風氣的角色，鼓勵民間參與，同時適切投入資源，讓制度法規合理化，比起大型賽事之後的「獎牌數檢討」或「XX 元年」等口號，更有深遠意義。

搜尋關鍵字　甲子園，業餘棒球，體育署

—附錄—

那些好棒棒的運動電影

■黃哲斌

戲劇是人生的投射，無論臺灣或國外，都有許多好看的運動題材電影，以下摘選二十七部，映照出時代種種議題：性別，種族，階級，權力，戰爭，親情，愛情。這些電影，讓你深刻理解運動比賽的激動人心，也領略場外人生的幽微況味。

● **標記的電影，意指「哲斌大叔的心頭好」。**

棒球

● Kano／臺／二〇一四年／普遍級

魏德聖執導，以日治時代嘉農棒球隊的故事，追溯臺灣棒球運動的歷史源頭，以及臺日球員在時代裡的分歧與融合。

● 百萬金臂 Bull Durham／美／一九八八年／未分級

凱文．科斯納扮演一位資深捕手，教導一名小聯盟菜鳥投手的球技，當他功成身退，卻留下一絲唏噓，曾被評為最佳運動電影之一。

● 紅粉聯盟 A League of Their Own／美／一九九二年／未分級

記敘一九四三年二次大戰期間，美國首開先河的女子職棒隊。湯姆．漢克斯飾演教練，吉娜．戴維斯、瑪丹娜參與演出。

● **魔球 Moneyball／美／二〇一一年／保護級**

布萊德．彼特是大聯盟運動家隊的總經理，在經費拮据下，率先大量採用比賽數據，評估並預測球員未來表現，可藉此理解「數據派」的崛起。

● **傳奇42號／美／二〇一三年／保護級**

真人真事改編，第一位打破種族藩籬，進入美國職棒大聯盟的傳奇球員傑基．羅賓森，此後，非裔球員不再只能打「黑人聯盟」，42也成為大聯盟球隊共同退休的背號。

◎**球來就打／臺／二〇一二年／普遍級**

以臺灣職棒簽賭、打假球的舊事為背景，片中有陳金鋒、林智勝、彭政閔等職棒球星客串演出。

◎**天生好手 The Natural／美／一九八四年／未分級**

一位名不見經傳的棒球選手，以卓絕天賦及自製球棒在球壇竄起，勞勃瑞福的迷人之作。

◎陰謀密戰 Eight Men Out／美／一九八八年／未分級

改編自一九一九年的「黑襪事件」，白襪隊在世界大賽中，放水輸給紅人隊，事後查出多名球員簽賭，成為美國職棒史的黑暗醜聞。

◎大聯盟 Major League／美／一九八九年／未分級

克里夫蘭印地安人隊球團老闆有意更換主場城市，於是惡搞球隊，希望戰績墊底，沒想到激起球員戰鬥意志，是經典棒球喜劇。

◎夢幻成真 Field Of Dream／美／一九八九年／未分級

同樣以「黑襪事件」為背景，務農的凱文．科斯納因心靈感應，將玉米田改造為棒球場，沒想到引發一連串奇妙事件，劇中 James Earl Jones 有段膾炙人口的經典臺詞。

◎心靈投手 The Rookie／美／二〇〇二年／普遍級

真人真事改編，高中棒球教練吉姆．莫瑞斯與學生打賭，若他們能打進季後賽，他就要一搏進入大聯盟，結果他以三十五歲高齡，成為大聯盟的「菜鳥投手」。

◎人生決勝球 Trouble With The Curve／美／二〇一二年／保護級

克林．伊斯威特是一名視力退化的老球探，他一方面要保住工作，一方面必須化解與律師女兒的隔閡，溫暖的親情故事。

籃球

● 卡特教頭 Coach Carter／美／二〇〇五年／保護級

經典籃球電影之一，基於真人實事，凶巴巴的高中籃球教練卡特，不但要求球員在場上全力以赴，也要求不准放棄課業，因而面對家長與同事的激烈反彈。

◎火爆教頭草地兵 Hoosiers／美／一九八六年／未分級

同樣改編自真人真事，曾任船員的金．哈克曼，前往一個中西部小鎮擔任高中籃球教練，他的風格引發不少爭議，卻也為鎮上居民帶來深遠影響。

◎單挑 He Got Game／美／一九九八年／輔導級

丹佐．華盛頓是殺人罪服刑假釋的父親，面對高中籃球新星的兒子，他必須化解彼此敵意，協助選擇職籃生涯，NBA 球員雷．艾倫飾演兒子。

◎勇闖禁區 Glory Road／美／二〇〇六年／普遍級

改編自真實故事，德州大學籃球教練在經費困窘下，獨排眾議引進非裔球員加入，顛覆籃壇種族偏見，帶領球隊創造歷史佳績。

◎壯志驕陽 Hurricane Season／美／二〇〇九年／普遍級

卡翠娜颶風肆虐後，重災區紐奧良的高中籃球隊教練與學生，一面重建家園，一面奮力打進全州高中聯賽決賽，真人真事改編。

奧運等國際賽

●翻滾吧！男孩／臺／二〇〇五年／普遍級

宜蘭縣公正國小體操隊一路訓練、比賽的紀錄片，導演林育賢的哥哥林育信是該校體操隊教練，小選手吃苦受訓的辛酸歷程，教練與學生、家長的真誠關係，當年引起巨大迴響。

●飛躍奇蹟 Eddie the Eagle／美／二〇一六年／保護級

改編英國跳臺滑雪選手艾迪．愛德華茲的故事，處處被排擠卻意志堅韌的艾迪，藉由一名過氣教練的協助，如願進軍冬季奧運。

●我和我的冠軍女兒 Dangal／印度／二〇一六年／普遍級

取材自真實人物，落寞的前角力選手，將希望投射在兩名女兒身上，訓練她們成為罕見的角力女將，批判印度性別歧視等的現象。

◎志氣／臺／二〇一三年／普遍級

改編自景美女中拔河隊奪得世界冠軍的勵志過程，電影公司還邀請前冠軍西班牙巴斯克隊來臺，重現冠軍賽。

◎火戰車 Chariots of Fire／英／一九八一年／未分級

以一九二四年奧運百米短跑為背景，側寫英國運動員布里頓・亞伯拉罕和艾瑞克・李德爾的競爭，獲頒奧斯卡最佳影片。

◎冰上奇蹟 Miracle／美／二〇〇四年／普遍級

描寫美蘇冷戰期間，冰上曲棍球隊在冬季奧運擊敗強敵蘇聯的故事，是運動賽事與國家連結的著名例證。

自行車

●練習曲／臺／二〇〇六年／普遍級

編導陳懷恩以一名學生單車環島的歷程，探索臺灣社會風貌、人情物意的細膩故事，影片極受歡迎，也開啟單車風潮。

●腳踏車大作戰 Wadjda／比利時／二〇一二年／普遍級

沙烏地阿拉伯的十歲女孩想要一輛腳踏車，但女性騎單車是該國禁忌，於是她打算藉由《可蘭經》比賽的獎金，實現夢想。沙國女導演挑戰傳統，獲威尼斯影展地平線最佳影片。

◎單車上路／臺／二〇〇六年／普遍級

導演李志薔改編自優良劇本獎的作品，一名青年因逃離現實，騎自行車經蘇花公路南下花蓮，途中發生諸多插曲。

◎破風／香港／二〇一五年／普遍級

彭于晏等四人加入單車競技比賽，同時面臨友情、愛情、個人、團隊等多重抉擇，曾在臺灣多地取景拍攝。

—企劃緣起—

成長與學習必備的元氣晨讀

親子天下執行長　何琦瑜

一九八八年，大塚笑子是日本普通高職的體育老師。在她擔任導師時，看到一群在學習中遇到挫折、失去學習動機的高職生，每天在學校散漫恍神、勉強度日，快畢業時，才發現自己沒有一技之長。出外求職填履歷表，「興趣」和「專長」欄只能一片空白。許多焦慮的高三畢業生回頭向老師求助，大塚老師鼓勵他們，可以填寫「閱讀」和「運動」兩項興趣。因為有運動習慣的人，讓人覺得開朗、健康、有毅力；有閱讀習慣的人，就代表有終生學習的能力。

但學生們還是很困擾，因為他們根本沒有什麼值得記憶的美好閱讀經驗，深怕面試的老闆細問：那你喜歡讀什麼書啊？大塚老師於是決定，在高職班上推動晨間閱讀。概念和做法都很簡單：每天早上十分鐘，持續一週不間斷，讓學生讀自己喜歡的書。一開始，為了吸引學生，她會找劇團朋友朗讀名家作品，每週一次介紹好的文學作家故事，引領學生逐漸進入閱讀的桃花源。

沒想到不間斷的晨讀發揮了神奇的效果：散漫喧鬧的學生安靜了下來，他們上課比以前更容易專心，考試的成績也大幅提升了。這樣的晨讀運動透過大塚老師的熱情，一傳十、十傳百，最後全日本有兩萬五千所學校全面推行。正式統計發現，後來日本中小學生平均閱讀的課外書本數逐年增加，各方一致歸功於大塚老師和「晨讀10分鐘」運動。

臺灣吹起晨讀風

二〇〇七年，《親子天下》出版了《晨讀10分鐘》一書，透過雜誌分享晨讀運動的影響與策略，找到大塚笑子老師來臺灣分享經驗，獲得極大的迴響。我們更進一步和教育部合作，募集一百所晨讀種子學校，希望用晨讀「解救」早自習，讓孩子一天的學習，從閱讀自己喜歡的一本書開始暖身。

推動晨讀運動的過程中，我們發現，對於剛開始進入晨讀，沒有長篇閱讀習慣的學生，特別是少年讀者，的確需要一些短篇的散文或故事，幫助他們起步，在閱讀中有盡興的成就感。這些短篇文字絕不能像教科書般無聊，也別總是停留在淺薄的報紙新聞，才能讓新手讀者像上癮般養成習慣。如果幸運的遇到熱愛閱讀的老師和家長，一些有足夠深度的文本還能引起師生、親子之間，餘韻猶存的討論。

這樣的需求，激發出【晨讀10分鐘】系列的企劃。在當今升學壓力下，許多中學生每天早上到學校，迎接他的是考不完的測驗卷。我們希望用晨讀打破中學早晨窒悶的考試氛圍。每日定時定量的閱讀，不僅是要讓學習力加分，更重要的是讓心靈茁壯、成長。

在學校，晨讀就像是在吃「學習的早餐」，為一天的學習熱身醒腦；在家裡，不一定是早晨，任何時段，每日不間斷、固定的家庭閱讀時間，也會為全家累積生命中最豐美的回憶。

【晨讀10分鐘】系列，透過知名的作家、選編人，為少年兒童讀者編選類型多元、有益有趣的好文章。多年下來，我們邀請了許多學養豐富的各領域作家、專家、達人，例如張曼娟、廖玉蕙、王文華、方文山、楊照、劉克襄、殷允芃等，編撰出數十本不同主題、類型文章的選文集。

每天一篇運動故事，開創人生超越勝負的新體悟

為了增加選文題材的多元性，二〇一八年的【晨讀10分鐘】，特別邀請得過許多獎項的獨立媒體人黃哲斌，為少年們選讀《運動故事集》。黃哲斌是運動迷，也是兩個孩子的父親，他的選文突破過去晨讀系列以人物故事為主的選文風格，從典型運動員個人的生命歷練，成功與失敗的心理轉折，談到了從運動輻射出的產業現象、歷史文化、國家經濟與民主發展，乃至性別平等與運動等議題。是一本非常適合親子／師生共讀、分享，由淺入深，層次豐富的閱讀選集。黃哲斌也在每一篇選文後，提供大小讀者可以討論辯證的角度。

我不是運動迷，但運動員的故事總是令我著迷。選集中，黃哲斌特別寫了大聯盟選手麥特・布希的故事：一個十八歲就因著天分邁上巔峰，拿到簽約金一億新臺幣的合約，最後卻因為酗酒失去了一次又一次的成功機會，甚至酒駕肇事，入監服刑。出獄後，他在時薪八美元的餐廳工作。三十歲那年，多數人認定他的職業生涯已經結束，但麥特．布希卻在家人和親友的鼓勵下，克服了自己的酒癮和軟弱，重新回到大聯盟。

麥特的故事深刻勵志，既獨特又典型，每個運動員都有可能時時面對爆紅與失敗，今日在高峰，明日卻跌落谷底的際遇。黃哲斌在故事的結語如此註記：「麥特在投手板上的每一球，同時大聲提醒我們，萬一犯錯，萬一跌跤，也不要放棄自己，不要放棄每一個珍貴機會。認真活著，誠實面對自己，即使看似人生絕境，也可能驚險走回坦途。」

這也是我衷心期盼，《運動故事集》和晨讀系列選集，能夠透過閱讀，帶給少年們的力量。正如同推動晨讀運動的大塚老師，在臺灣演講時的分享：「對我來說，不管學生在那個人生階段，我都希望他們可以透過閱讀，讓心靈得到成長，不管遇到什麼情況，都能勇往直前，這就是我的晨讀運動，我的最終理想。」

—推薦序—

看到鎂光燈照不到的另一面

臺灣職業網球選手、臺灣運動史上最多男單頭銜紀錄保持人　盧彥勳

猶記得在青少年時期，我除了日常的練習，閒暇時最喜歡看運動報導，那時候曾經正是華裔網球名將、也是網球史上最年輕的大滿貫男單冠軍張德培最當紅的時期，我總是興奮的蒐集這些報導，激勵自己燃起鬥志。

不過當自己也成為職業選手，同樣站在鎂光燈聚焦的位置，我才發現，媒體或大眾關心的，通常只有贏球致勝的當下；每當浮光掠影的訊息露出，只看得到錦上添花的光鮮亮麗，但運動員的血淚付出、輸球時的失落不甘、大環境與政策無法配套的種種無奈，卻缺乏深刻的討論，當然更不要說有人特別為文著書。

照見運動的真實面向

幸好近年來有越來越多關於運動界的報導與整理，這樣的改變值得嘉許。其實運動，不僅是活在比賽中，更活在產業、體制，也真實活在你我的日常中。而親子天下針對中學生讀者所出版的《晨讀10分鐘：運動故事集》更是少見探討運動議題的佳作。

這本書收錄了包括我在內、多篇描寫本土與國際運動員處境的深度報導，不僅呈現我們贏球的光榮時刻，也有在運動場上的奮力搏鬥，以及失敗時的難堪和調適，更難得的是，書中還點出了國內外運動產業的真實面向。其實，身為職業選手，我們要對抗的往往不只是場上的對手，還有更多是大環境中無奈的現實和看不見的壓迫。

青少年必須要學習面對挫敗

運動是眾多青少年最喜歡的話題，運動場更是他們最重要的社交場域。其實，多數孩子都非常熱愛運動，也對運動很感興趣，只是因為學業壓力或家長反對而被迫放棄。

事實上，運動場是青少年鍛鍊抗壓性、恆毅力、溝通力和團隊合作力的極佳場域，因為在運動場上的挫敗，是非常具有衝擊性的，每一個選手都需要學習調整自己的心態，接受自己的不足，才能在跌倒後重新站起來。他們也能體會到人生總有高低潮，無法永遠順遂，而就算是失敗與不順遂中，一定也有美好表現的片刻。挑戰當下的自己，學習看清不足之處，這些都是運動能教會我們的重要一課。

給青少年一窺運動界的讀物

一般大眾的讀物中，極少有集結運動故事的書，更何況是特別編給青少年看的讀物。也因而這本書的出現，至為難得。

對我來說，這本書跨出了關心體育的第一步，是一個美好的開端：只要影響一個人，就有意義。畢竟一個運動員長時間的奮鬥史，本來就很難用一篇文章說得清楚明白，但有了這個起頭，能讓越來越多人了解存在於運動界的榮耀與興嘆。

透過本書，我也想呼籲大家，不要忘了還有許多鎂光燈照不到的角落，那些尚未成名、仍在各領域寂寞奮戰的年輕選手，他們都需要更多的資源和關注。

我期待，此書出版的那一刻，也期待，之後激起的各樣浪花。

——此文為盧彥勳口述，林欣靜、張玉蓉整理

推薦序

一場心靈運動的饗宴

教育部體育署署長　高俊雄

早上起床後，許多趕著上學、上班的人，會覺得精神緊繃，忘東忘西。到了學校或辦公室準備上課或處理公務之前，如果能調整一下心情和思緒，那麼學習效果或工作效率就會提升。也因此，我們偶爾會看到一些公司，上班前集合同仁做體操提振精神；有些老師也會利用朝會，帶領學生動一動。而我也鼓勵同仁一起規律運動，這對我和師生同仁維持健康愉快的教學、行政、研究氛圍，確實幫助很大。

美國伊利諾州芝加哥近郊的 Naperville 中學二十年前進行一項新體育計畫，也就是上第一節課之前先進行二十至三十分鐘左右的慢跑，緊接著進行閱讀寫作課程。結果這所中學只有三％的學生過胖，而且令人意外的是，這所中學的高二學生一九九九年參加國際數學與科學教育成就趨勢調查（Trends in International Mathematics and Science Study，TIMSS），科學排名為世界第一、數學排名為第六。依據腦科學研究的解釋是：適度運動後，大腦會進入最佳狀態，因此專注力和學習效果都會明顯提升。

《晨讀10分鐘：運動故事集》蒐集了許多家喻戶曉的臺灣之光，例如：戴資穎、彭政閔、郭婞淳、詹詠然、詹皓晴、陳彥博、林書豪以及奧運最多金牌游泳選手費爾普斯等人的訪談紀錄。將每位運動員的成長背景、接觸運動、接受訓練、參加比賽等過程，以及身心靈全人的改變歷程真實陳述。在閱讀過程中，這些運動員在運動場上奮戰的畫面也隨之浮現腦海，不僅令人感動，也能激發我們「只要肯努力，不輕言放棄，我也會有好表現」的念頭和鬥志。而早上花十分鐘閱讀一位運動員的故事，更有助於調整心情和思緒，促進腦進入最佳狀態。

延續幾位運動員的故事，這本書進而討論體育運動的發展，對於社會國家可能會帶來的深遠影響，並且將國內外以運動為主題拍攝的電影或網路上的高點閱率的影片挑選出來，方便讀者延伸閱讀。我很樂意和大家一起分享：閱讀這本書就是最好的心靈運動。

一推薦序一

運動從來都不只是運動而已

品學堂執行長　黃國珍

運動從來都不只是運動而已，在我成長的記憶中，多次心靈的觸動都來自於運動的故事。

在我這個年齡的人，小時候都有過半夜守在電視機前，觀看遠在地球另一端棒球場上，為青少棒球員努力拼搏加油的經驗。過程中看到比數落後時，心裡焦急，坐立難安；看到比數超前時，左鄰右舍鄰居的歡呼和自己的吶喊聲連牆壁都封不住。當時作為一位觀看運動的孩子，關注的是比賽結果的輸贏，但是隨著年紀稍長，對於運動有了更近似於閱讀的層次。一場比賽成為有劇情的文本，選手一如故事的角色，有困頓，有疑惑，有覺醒，有超越。比賽的結果不再是輸贏，而如英文 Good game 所指，是場心靈的啟發。

我第一次感受到從「觀看運動」轉變為「閱讀運動」並不是來自於真實觀賞運動的經驗，

而是從一九八一年由英國電影公司出品，並且贏得當年奧斯卡最佳外語片《火戰車》（Chariots of Fire）這部電影開始。這電影改編自真人真事，以兩名英國田徑運動員哈羅德・亞伯拉罕（Harold Abrahams）和艾克里・利德爾（Eric Liddell）的經歷為藍本，描述他們在一九一〇年代末至一九二〇年代初期間，克服許多挑戰成為英格蘭及蘇格蘭的奧運選手，最後在一九二四年巴黎奧運會中，分別贏得一百公尺及四百公尺金牌的故事。電影的文宣說道：「這是兩位跑者的故事。他們不只是跑步，更是藉此向世界證明一些東西。他們為了跑步犧牲了許多，除了他們的榮譽。」故事的確如此，兩個人都想藉由跑步來證明各自心中的價值。亞伯拉罕想以打敗對手來證明自己的優越。因此，對亞伯拉罕而言，跑步是試煉，是反擊偏見的途徑，是必須要贏的爭戰。而電影中另一位選手利德爾擁有另一種動機。他認為上帝給他飛奔的能力是特別的恩澤，所以他藉由跑步來榮耀上帝，作為傳播福音的途徑，彰顯神的大能。就算跌倒也依然堅持全力奔向終點，把勝利歸給上帝。電影中一段艾克里・利德爾的經典臺詞，表達了他心中的信念：「我相信上帝造我必有目的，祂讓我跑得快，我跑步時，可以感受到祂的喜悅！（I believe God made me for a purpose, but he also made me fast. And when I run I feel His pleasure.）」《火戰車》的導演休．哈德森（Hugh Hudson）藉由情節推展，讓我體會兩位傳奇田徑選手內心的渴望，擁有的信仰與面對的挑戰，運動員成為展現生命意志與價值的存在，正如古代神話中的英雄。

我們會被運動場上或默默鍛鍊自己的故事打動，是因運動能使生命深層的意義得已彰顯。

神話學大師坎伯（Joseph Campbell）在他的經典著作《千面英雄》中談到，所有不同文化中的英雄或許是因為可歌可泣的事蹟留在神話裡，或是在充滿挑戰的冒險旅程中殺出重重難關，甚至超越心智的限制而擁有趨於超凡的存在，他說：「英雄是那些能夠了解，接受並進而克服自己命運挑戰的人」。如果瞬息變化的運動場一如坎伯所指的宇宙，那在場上參與比賽的選手們，正像是在經歷一場充滿試煉的「英雄之旅」。我們每個人內心也都住著一位在生命旅程中被試煉的英雄，所以這些運動員經歷的挑戰與蛻變，得以獲得我們的認同。閱讀他們的故事，成為我們內在英雄的典範，成道之路的指引，生命得以被啟發，靈魂得以被釋放。

這次有幸拜讀由黃哲斌先生選編的《晨讀10分鐘：運動故事集》，超越我過往對運動故事的認知。透過他精心安排的主題「熱血青春夢」、「失敗好朋友」、「超越計分板」和「界外三分球」，除了以人為核心，探討關於運動選手成長心路、競爭哲理、生命反思的基本內容外，更加添當前運動科技應用的發展，最後帶出政策與環境對運動及運動員影響的省思。無論是巨大的內容跨度，選文內容的深度，都開創出運動故事的多元面貌，豐富我對運動的視野。我很喜歡黃哲斌先生在這本書的導言中所寫的這段話：「運動是體力、耐力、智力、意志力的總體活動，也是自我探索的最佳時刻，即使是單純的慢跑、最放鬆的仰泳，都讓人在自我折磨與享受欣快之間，與自己的身心靈對話。持之以恆的運動，總是特別艱難，必須克服惰性、克服體能與意志力的極限，正因如此，運動員的熱血故事，總是特別振奮人心。」的確！或許我們會被運動場上或默默在某處鍛鍊自己的故事所打動，是因為運動能使生命深層的意義得已彰顯。

晨讀10分鐘系列 030

[中學生]
晨讀10分鐘
運動故事集

選編人｜黃哲斌
作者｜盧沛樺、李辰寬、邱紹雯等
繪者｜Nic徐世賢

企劃編輯｜林欣靜
責任編輯｜張玉蓉、李幼婷
內文設計｜耶麗米工作室、林家蓁
行銷企劃｜葉怡伶

天下雜誌群創辦人｜殷允芃
董事長兼執行長｜何琦瑜
媒體暨產品事業群
總經理｜游玉雪
副總經理｜林彥傑
總編輯｜林欣靜
行銷總監｜林育菁
副總監｜李幼婷
版權主任｜何晨瑋、黃微真

出版者｜親子天下股份有限公司
地址｜臺北市104建國北路一段96號4樓
電話｜（02）2509-2800　傳真｜（02）2509-2462
網址｜www.parenting.com.tw
讀者服務專線｜（02）2662-0332　週一～週五：09:00~17:30
讀者服務傳真｜（02）2662-6048
客服信箱｜parenting@cw.com.tw
法律顧問｜台英國際商務法律事務所・羅明通律師
製版印刷｜中原造像股份有限公司
總經銷｜大和圖書有限公司 電話：（02）8990-2588

出版日期｜2018年 5 月第一版第一次印行
　　　　　2024年 8 月第一版第十七次印行
定　價｜320元
書　號｜BKKCI003P
ＩＳＢＮ｜978-957-9095-74-7（平裝）

訂購服務
親子天下Shopping｜shopping.parenting.com.tw
海外・大量訂購｜parenting@cw.com.tw
書香花園｜臺北市建國北路二段6巷11號　電話（02）2506-1635
劃撥帳號｜50331356 親子天下股份有限公司

國家圖書館出版品預行編目(CIP)資料

晨讀10分鐘：運動故事集／盧沛樺，李辰寬，邱紹雯等作. -- 初版. -- 臺北市：親子天下，2018.05
272面；14.8x21公分. --（晨讀10分鐘系列；30）
ISBN 978-957-9095-74-7（平裝）

859.7　　107006020

文／品學堂創辦人、《閱讀理解》學習誌總編輯　黃國珍

說的知識與能力，若缺乏正向合宜的態度來回應，就不會發生有效的學習。學生若在態度上害怕面對問題、沒自信解決問題，誤解學習只是擁有答案，而要求師長給予答案。離開學校進入生活與職涯場域，可能表現出無力探究問題和被動的態度，那麼我們何來競爭力？

如前面所言，給予知識與能力在教育體系中較容易理解，教學上也相對好掌握，「態度」本身雖不在知識系統內，但有了態度才有強大的內在力量去實踐學習。從實踐的過程中理解挑戰不是來自於外在，而是自己設定的目標，從運動比賽的輸贏理解這兩個結果都值得為自己的拼搏付出喝采。延伸這精神去面對生活中不同問題的挑戰，在失敗中理解成功的定義，在努力中決定自己的成功。這些關乎態度的養成，仰賴的是心智的啟蒙，而閱讀他人的生命故事，最能給年輕生命帶來啟發。這是此次品學堂《閱讀理解》學習誌與親子天下合作，重新為《晨讀 10 分鐘：啟蒙人生故事集》、《晨讀 10 分鐘：我的成功，我決定》與《晨讀 10 分鐘：運動故事集》這三本書規劃閱讀素養題本的目的。

給予下一代優質的學習內容，是品學堂與親子天下共同的目標。讓孩子擁有接軌未來的素養，發展個人並參與、回饋這世界，讓未來更美好，是我們共同的願景。期待透過雙方共同合作的《晨讀 10 分鐘：閱讀素養題本》系列，能帶給孩子閱讀的樂趣、發現的喜悅，並啟發積極正面的態度，以運動家的精神，面對學習與生活的挑戰，以態度決定你是誰。

投打雙全二刀流的養成之路

大谷翔平

問題一〔擷取訊息〕

根據本文，請問大谷翔平的「二刀流」是在形容他具備什麼樣的能力？

請作答

問題二〔統整解釋〕

（　）根據本文，請問大谷翔平之所以會走上「二刀流」之路的主因為何？

❶ 從小父母刻意的要求與培訓
❷ 美國春訓受挫後，發憤改變
❸ 火腿隊為他量身訂做的計畫
❹ 高中就決定要在大聯盟登板

問題三〔擷取訊息〕

(　) 下列何者非火腿鬥士隊說服大谷翔平留在日本發展的承諾為何？

❶ 客製化的培訓計畫
❷ 科學化的資訊分析
❸ 具良好寓意的背號
❹ 特定出場打擊順序

問題四〔省思評鑑〕

(　) 請問第 18 頁的「九宮格」圖片，可以怎麼修正更能與文中資訊搭配參照？

❶ 將正中心的9×9方格中的顏色統一
❷ 以3×3為單位，將其外框線條加粗
❸ 將每個有顏色的方塊外框線條加粗
❹ 將每個有顏色的方塊中文字放大加粗

延伸思考

太谷翔平的九宮格目標達成法，有哪些值得學習之處？

臺灣首位世界球后是怎麼練成的？

戴資穎

問題一〔統整解釋〕

(　　)試推論作者在文中提及戴資穎的平素性格有什麼用意？

❶ 突顯她為不平之事發聲的勇氣
❷ 分享她用心與粉絲交流的方法
❸ 證明她具有頂尖運動選手的特質
❹ 解釋她投身成為羽球選手的原因

問題二〔擷取訊息〕

(　　)下列何者不是戴資穎能在羽球上獲得卓越表現的關鍵？

❶ 家人的全力支持
❷ 爸爸的擇善固執
❸ 本身的天賦資質
❹ 國家的培訓計畫

問題三 〔擷取訊息〕

戴資穎與羽協的風波，最終促成什麼事情，保障球員可免於不合理的懲處？

請作答

問題四 〔統整解釋〕

(　) 根據本文內容，試推論作者是否贊同外界封戴資穎為「天才少女」？

❶ 是，因為文中多次為她冠上「臺灣史上」4 字
❷ 是，因為作者將她譬喻為公認的臺灣國民美食
❸ 否，因為文中多處提及她刻苦訓練與自我要求
❹ 否，因為文中特別提及她想參加奧運但卻失利

反方向的全壘打

彭政閔

問題一〔統整解釋〕

（　）根據本文各標題的設計原則，下列何者最適合作為第一部分的小標題？

❶ 棒球場上的關鍵人物
❷ 身臨其境的棒球轉播
❸ 天才打者的養成之路
❹ 一起追過的經典棒賽

問題二〔統整解釋〕

（　）根據本文，在「失落之夢，初昇之星」一段中，可知彭政閔「失落之夢」的因由為何？

❶ 在眾球探環伺下表現失常
❷ 在國際球賽前夕因故受傷
❸ 為了爭取更好表現卻受傷
❹ 右手掌骨的舊傷影響表現

問題三 〔擷取訊息〕

(　)根據本文，彭政閔的棒球之路並非一帆風順，但最終獲得卓越表現的關鍵為何？

❶ 青少棒球隊的栽培
❷ 教練不放棄的培訓
❸ 本身不服輸的勤練
❹ 隊友的鼓勵與陪伴

問題四 〔省思評鑑〕

(　)下列何者是本文中採用的寫作手法？

❶ 善用譬喻法形容人物的成就
❷ 以順敘手法勾勒人物的成長
❸ 透過實際案例佐證人物特質
❹ 引用專家證言突顯人物天賦

延伸思考

彭政閔在球場失意時的因應之道有哪些？我們可以如何參考他的作法幫助自己進步？

奧運舉重銅牌：人生不只是贏得比賽

郭婞淳

問題一 〔統整解釋〕

(　　) 根據本文，郭婞淳所擁有的更強大力量應為下列何者？

❶ 運動家精神
❷ 利他的精神
❸ 自我的要求
❹ 不服輸的信念

問題二 〔擷取訊息〕

(　　) 根據本文，郭婞淳的姓名由來具有什麼意義？

❶ 傳承原住民信念
❷ 音譯阿嬤的母語
❸ 家族給予的榮耀
❹ 母親對她的祝福

問題三 〔統整解釋〕

(　　) 根據本文，郭婞淳踏上舉重之路的原因可以用哪一句話來形容？

❶ 無出其右
❷ 無心插柳
❸ 無為而治
❹ 無獨有偶

問題四 〔統整解釋〕

(　　) 哲斌大叔的專欄，在本文中不具有哪一功能？

❶ 補充額外的人物訊息
❷ 提供延伸思考的方向
❸ 解釋原住民血統的優勢
❹ 呼籲大眾關心原住民權益

延伸思考

從郭婞淳分享她於 2016 年奧運中的學習，你理解到什麼呢？
這樣的概念你是否也能運用在自己的生活之中呢？

我的信仰是大自然

陳彥博

問題一 〔擷取訊息〕

(　) 陳彥博參加極地馬拉松的契機是什麼？

❶ 為了追尋童年與阿嬤親近大自然的記憶
❷ 想要見證極地沙漠千奇百怪的雄偉風光
❸ 在網路上看到能與林義傑一起跑步的計畫
❹ 高中教練發現他有這方面的才能與天賦

問題二 〔統整解釋〕

(　) 請根據內容整理陳彥博參賽的歷史，選出他參加極地賽的正確順序？

❶ 南極超級馬拉松－磁北極大挑戰－喜馬拉雅山超馬賽－北極點馬拉松
❷ 磁北極大挑戰－喜馬拉雅山超馬賽－北極點馬拉松－南極超級馬拉松
❸ 北極點馬拉松－磁北極大挑戰－喜馬拉雅山超馬賽－南極超級馬拉松
❹ 南極超級馬拉松－北極點馬拉松－磁北極大挑戰－喜馬拉雅山超馬賽

問題三 〔統整解釋〕

(　　) 下列哪一句話適合作為陳彥博故事的註腳？

❶ 把握時機，好的開始是勝利的關鍵
❷ 勇敢勤奮，成功屬於堅持到底的人
❸ 認清方向，錯的路到不了對的地方
❹ 相信夥伴，合作才能激發最大價值

問題四 〔省思評鑑〕

(　　) 根據文中對於陳彥博的介紹，哪一個活動、服務、商品或品牌較不適合找他代言？

❶ 防水防摔衛星定位高性能運動腕錶
❷ 熱門山林公園親子撿垃圾淨山活動
❸ 教育機構中學青少年海外壯遊計畫
❹ 阿拉斯加黑鮪魚漁船捕撈體驗之旅

打進奧運姊妹檔：看臉就能讀心

詹詠然、詹皓晴

問題一 〔統整解釋〕

(　　) 詹詠然的網球之路，遇到了哪些挫折？（複選）

❶ 家庭經濟困頓
❷ 接連病痛纏身
❸ 遭到雙打隊友背叛
❹ 失去奧運參賽資格
❺ 飽受惡言輿論批評

問題二 〔擷取訊息〕

(　　) 詹皓晴擺脫姊姊陰影，躍上媒體版面的關鍵為何？

❶ 她不再與姊姊合組雙打
❷ 她打贏強手而一戰成名
❸ 她是臺灣進四大賽第一人
❹ 她改變打法以必殺技得名

問題三 〔統整解釋〕

(　　) 下列何者是文中旁人對詹家姐妹的觀察？

❶ 正視弱點，心理狀態成熟冷靜
❷ 謙虛為上，處處禮讓身旁的人
❸ 按部就班，妥善規劃訓練計畫
❹ 把握機會，盡可能的找尋資源

問題四 〔省思評鑑 / 文本形式〕

(　　) 作者運用何種手法來向讀者介紹詹家姐妹的網球之路？

❶ 分段列點的敘述形式以清楚呈現主角成就
❷ 大量使用對話口白的形式以展現主角性格
❸ 穿插採用主角、旁人視角以豐富故事面向
❹ 全文多處使用譬喻法用以突顯主角的能力

延伸思考

不論是學校報告還是工作任務，當你面對選擇成就個人成績與成就團體利益的兩難情境時，你會怎麼做？為什麼？

初訪舊金山女子半程馬拉松

歐陽靖

問題一〔擷取訊息〕

(　　) 作者認為，舊金山有哪些面向稱得上是「跑者友善」？請寫出正確的代號。（複選）

❶ 名人倡導
❷ 環境空間
❸ 空氣品質
❹ 運動文化
❺ 商業投資

問題二〔省思評鑑〕

(　　) 根據文中的敘述，運動用品商選擇下列哪一個城市有較大的全民路跑商機？

❶ 孟買
❷ 馬尼拉
❸ 新加坡
❹ 胡志明市

問題三 〔統整解釋〕

（　　）作者在日本路跑時發現一個有趣的現象，以下四人何者符合作者所觀察到的日本人的運動穿著習慣？

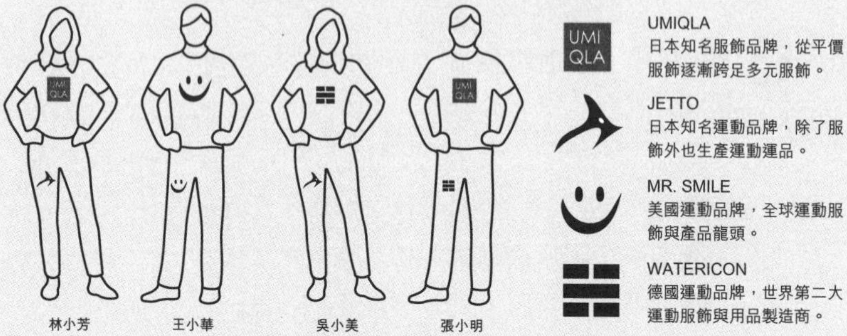
UMI
QLA
林小芳
王小華
吳小美
張小明
UMIQLA
日本知名服飾品牌，從平價服飾逐漸跨足多元服飾。
JETTO
日本知名運動品牌，除了服飾外也生產運動運品。
MR. SMILE
美國運動品牌，全球運動服飾與產品龍頭。
WATERICON
德國運動品牌，世界第二大運動服飾與用品製造商。

❶ 林小芳　❷ 王小華　❸ 吳小美　❹ 張小明

問題四 〔統整解釋〕

（　　）本文可以回答下列哪一個問題？

❶ 歐陽靖是如何開始接觸路跑？
❷ 路跑中歐陽靖遇到什麼挫折？
❸ 作者最難忘的路跑經歷為何？
❹ 路跑對於歐陽靖有什麼意義？

延伸思考

1. 參加馬拉松前應該做哪些準備？

2. 馬拉松對於參賽者的生理與心理有什麼正向的收穫？

谷底要翻身，學習沿途的教訓

林書豪

問題一 〔擷取訊息〕

(　　) 本文章標題的「谷底」意指何事？

❶ 進入紐約尼克隊後成為冷板凳球員

❷ 在休士頓火箭隊時，膝蓋嚴重受傷

❸ 湖人隊表現差，失去季後賽的門票

❹ 林書豪曾經 3 次被下放到發展聯盟

問題二 〔統整解釋〕

(　　) 為什麼作者認為，比起初出茅廬，林書豪曾經攻頂卻必須從谷底再翻身更為煎熬？

❶ 球隊合約與薪水的條件無法與剛進 NBA 之時相比

❷ 進入職籃越久，對於打籃球的熱情亦漸漸的消退

❸ 無法適應沒有任何球迷到場支持自己比賽的情況

❹ 須承受大眾對自己、自己對自己期待落空的失望

問題三 〔擷取訊息〕

（　）林書豪的籃球路上曾面臨哪些挫折？（複選）

❶ 接二連三的被球隊交易出去
❷ 無法融入新團隊找到新定位
❸ 家人不支持他當職業籃球員
❹ 受到大眾對亞洲球員的歧視
❺ 無法維持住穩定優異的成績

問題四 〔統整解釋〕

（　）林書豪應對籃球路上遇到的這些挫折與失敗，下列何者並非林書豪應對籃球路上的這些失敗挫折的方法？

❶ 遵照上帝的引領，讓自己的內心能夠得到安定
❷ 接受失敗並從中得到教訓，再努力迎戰、改變
❸ 瀏覽自己部落格的留言，從中獲得勇氣與鼓勵
❹ 找釋放壓力的方法，讓自己有空間接收新挑戰

輸球也是人生的過程之一

金華國中籃球隊

問題一〔統整解釋〕

（　）下列何者不是金華國中練球時間帶來的益處？

❶ 引發自發性練習
❷ 更重視團隊默契
❸ 提升球員的體能
❹ 球員能兼顧學業

問題二〔擷取訊息〕

（　）教練認為吳永盛在美國表現優異的原因為何？

❶ 英文能力不斷提升
❷ 美國高中要求課業
❸ 常與學弟分享經驗
❹ 對自我的要求極高

問題三 〔統整解釋〕

(　　)總教練吳正杰在文末的發言，可以回應文章的哪一個段落？

❶ 文章第一段
❷ 「彈性練球時間，增加學習的內在動力」
❸ 「重視品行與學業，為未來創造更多可能性」
❹ 「鼓勵球員赴美追逐籃球夢」

問題四 〔統整解釋〕

(　　)根據文章，下列何者不是金華國中籃球隊與其他學校籃球隊的不同之處？

❶ 重視球員的學業成績
❷ 教練人數多且分工細
❸ 著重體能的科學訓練
❹ 鼓勵球員到美國追夢

延伸思考

金華國中籃球隊的原則是：若球員的學習成績平均未滿 70 分，無論球技多好，都不能進入國中籃球聯賽的 12 人名單。你認同這樣的規定嗎？認同或不認同的理由為何？

成功沒有不勞而獲，只有實至名歸

陽岱鋼

問題一〔擷取訊息〕

（　）請問陽岱鋼剛到日本沒有遇到什麼困難？

❶ 文化、語言不通　❷ 教練的差別待遇
❸ 來自哥哥的壓力　❹ 球技不如日本人

問題二〔統整解釋／發展解釋〕

（　）陽岱鋼哪一個稱號在這篇故事中最具意義？

❶ K鬥士　❷ 盜壘王
❸ 高中第一游擊手　❹ 日本第一中外野手

問題三〔統整解釋／發展解釋〕

（　）作者認為陽岱鋼最值得讚許的面向為何？

❶ 經歷
❷ 才智
❸ 態度
❹ 人氣

問題四〔統整解釋／發展解釋〕

（　）作者在文末提到：棒球是「失敗的運動」，請問此處的「失敗」指的是什麼？

❶ 打者安打的機率很低
❷ 打者打擊的機會很少
❸ 擊球之後可能被接殺
❹ 比賽常受到運氣影響

延伸思考

平松正宏教練開出三個條件：不能放假、不能帶手機、不能交女朋友，並說只要守住這些條件，就會是一個好選手。你認為他為什麼要開出這些條件？這些條件適用於所有人嗎？

永不放棄的過動奧運金牌

費爾普斯

問題一 〔擷取訊息〕

為了幫助費爾普斯克服 ADHD，黛比使用了哪些方法？請寫出兩項。

請作答

問題二 〔擷取訊息〕

(　)投入游泳讓費爾普斯發生了什麼改變？

❶ 情緒穩定不易失控
❷ 改善在校偏差行為
❸ 提升自律與專注力
❹ 不再是 ADHD 患者

問題三 〔統整解釋〕

(　　) 費爾普斯克服弱勢，成為游泳名將的關鍵為何？

❶ 家庭支持
❷ 伯樂發掘
❸ 師長栽培
❹ 家族遺傳

問題四 〔省思評鑑〕

在暢銷書《為什麼我們這樣生活，那樣工作？》中，提到學術文獻中的「小贏」概念，所謂小贏即是將小優勢化為每日履行的核心習慣，透過小贏建立信心，並累積成更大的勝利。這個理論可否作為費爾普斯成功的理由？請從本文舉出證據並說明理由。

請作答

選秀狀元、更生人、終結者的三合一人生

麥特・布希

問題一〔擷取訊息〕

(　) 根據文中作者的觀點，麥特・布希屢次誤入歧途的主要原因為何？

❶ 意志不堅，難以抗拒誘惑
❷ 出身紈絝子弟，驕縱任性
❸ 家庭失能，渴望受人關注
❹ 懷才不遇，不受球團青睞

問題二〔統整解釋〕

直至 2017 年，哪起事件讓麥特・布希不敢再碰酒？

請作答

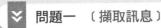

問題三 〔統整解釋〕

（　）何者符合作者對麥特．布希故事的評論？

❶ 人因夢想而偉大，若他年少時堅定志向就能避免迷惘
❷ 即使改過自新，對別人造成永久傷害的他不值得原諒
❸ 雖然他的人生有機會再回到正途，但仍需要時間考驗
❹ 人們未必能掌握自己的人生，多是運氣影響他的人生

問題四 〔省思評鑑〕

（　）本文第一至三段介紹麥特．布希所使用的寫作方式，能帶來什麼效果？

❶ 敘述人物的經典賽事表現，喚起讀者記憶
❷ 並列人物兩極的事件與評價，製造衝突感
❸ 使用倒敘法揭示人物現況，使人感到好奇
❹ 透過全知的角度，揭露人物前後心理變化

延伸思考

在面對難以承受的壓力和低潮時，可以尋求哪些協助？

越運動越有競爭力
開心體育課

問題一〔擷取訊息〕

哈佛「零時體育計畫」證明了「讀書前先運動」有助於學習，本文作者引用學者理論，說明運動可改造大腦的原因在於人在運動時能分泌與學習活動息息相關的神經傳導物質。請根據本文，找出與功用相對應的神經傳導物質，並填入表格。

功用	神經傳導物質
控管腦部活動，影響人的情緒與衝動行為。	（　　　　　）
增強注意力、動機與警覺心。	（　　　　　）
產生愉悅的正向情緒。	（　　　　　）

問題二〔統整解釋〕

（　）根據本文，推測下列何者並非臺灣的體育現況？

❶ 學童欠缺規律的運動習慣
❷ 學童忙於課業而疏忽運動
❸ 學校未能妥善利用體育課
❹ 學校缺乏適合的運動場地

問題三 〔統整解釋〕

（　　）根據本文，下列何者不會是校方為了優化體育課內容，改善學童的運動習慣所做出的配套措施？

❶ 提出活潑且系統化的課程規劃
❷ 遵從「因材施教」的教學原則
❸ 增加自由時間讓學童自行探索
❹ 要求教師繳交體育課內容報告

問題四 〔省思評鑑〕

（　　）請問作者在文中舉出臺中大甲國小「零時體育計畫」的用意為何？

❶ 引用專家說法
❷ 提供本土實例
❸ 解釋計畫作法
❹ 舉出反面案例

聽 APP 的話打球
臺大男籃靠科學翻身

問題一〔擷取訊息〕

(　)依文章裡的描述，臺大男籃能在大專盃賽中嶄露頭角的祕密武器是什麼？

❶ 留美出身的教練
❷ 戰術數位化 APP
❸ 傳統名校的人脈
❹ 體保生與國手隊員

問題二〔統整解釋〕

(　)根據本文，數據分析的部分工作可改由「群眾外包」、「機器學習」進行，請問下列分工配對模式何者有誤？

❶ 群眾外包：將對手戰術的影片加上標註，提供球隊參考
❷ 數據分析團隊：賽中做即時的分析報告供教練調整戰術
❸ 群眾外包：基礎記錄球賽數據，並整理成進階分析報告
❹ 機器學習：快速辨識球員戰術，協助賽況影片剪輯工作

問題三 〔統整解釋〕

(　　) 臺大男籃跌破各界眼鏡闖出佳績，為未來臺灣籃球運動的發展帶來何種啟示？

❶ 臺灣球隊都改聘請具備統計專長的教練
❷ 臺灣籃球可以往「球技結合科技」發展
❸ 臺灣應向國外取經「數據籃球」的經驗
❹ 臺灣學子正往「文武雙全」的方向發展

問題四 〔省思評鑑〕

(　　) 本文提及「科學化訓練」有助於選手培訓，請問文中臺大男籃所採用的科學化訓練屬於以下何種項目？

❶ 運動力學
❷ 生理生化
❸ 運動心理
❹ 情報蒐集

延伸思考

從本文的分享，你可以想像到數據分析還可以應用在生活中哪些方面呢？

意想不到的賺錢產業 跆拳道與國技院

問題一〔統整解釋〕

(　　) 根據本文，下列何者無法顯示跆拳道在美國的盛行程度？

❶ 跆拳道館的數量與密度
❷ 成人與小孩都練跆拳道
❸ 國技院品段認證費高昂
❹ 通過品段考試的總人數

問題二〔擷取訊息〕

(　　) 根據本文的觀點，臺灣近年學習跆拳道的熱潮主要是受到什麼因素的影響？

❶ 選手在奧運中奪得金牌
❷ 蔣經國總統引進並推廣
❸ 跆拳道的巨大商業利益
❹ 受到美國的風潮所影響

問題三〔統整解釋〕

（　）作者特別將三星企業總部與國技院進行比較的用意為何？

❶ 提供讀者到首爾旅遊的行程指南
❷ 突顯運動也能有巨大的商業潛能
❸ 暗示兩者擁有很相似的經營模式
❹ 指出此兩者為韓國經濟兩大支柱

問題四〔省思評鑑〕

（　）文中所述國技院的經營模式與下列何者最為接近？

❶ 鞋廠不斷研發並製造品質優良的運動鞋
❷ 足球俱樂部吸引企業在球場內投放廣告
❸ 成衣品牌以上市集資所得加開更多門市
❹ 某飲料品牌授予多名加盟者特許經營權

延伸思考

1. 除了本文所介紹的跆拳道外，還有哪些運動項目也能帶來可觀的商業利益？它們又是透過什麼方式來營利的？
2. 體育競技的職業化、商業化有何利弊？

告別就是滄桑
棒球場上的告別

問題一〔擷取訊息〕

(　　)為什麼盧·賈里格會說自己是「地球表面上最幸運的人」？

❶ 感恩來自各方支持造就其輝煌的棒球生涯
❷ 慶幸漸凍人症並未影響他的棒球職業發展
❸ 因其告別演說強化了美國人與棒球的連結
❹ 感動於球隊在他患病後仍讓他繼續打棒球

問題二〔統整解釋〕

(　　)清原和博與桑田真澄的棒球生涯有何共同點？

❶ 皆在其生涯中效力超過一支日本職棒隊伍
❷ 皆曾遠赴美國為職棒大聯盟中的球隊效力
❸ 皆因表現欠佳受到球迷的責難而被迫退休
❹ 皆意識到狀態因年紀漸長下滑而決定退役

問題三〔統整解釋〕

（　　）作者如何敘述棒球場上的告別？

❶ 先鋪陳各選手的棒球生涯，再直寫退役當日的情形
❷ 引述退役選手的事後訪談，呈現其退役當日的情緒
❸ 以選手的職業生涯為主，簡單帶過告別儀式的描述
❹ 以第一人稱視角展開敘事，藉以加強讀者的代入感

問題四〔省思評鑑〕

（　　）作者在本文中用了許多「示現」的手法描寫三位棒球選手退役的情景，請問這樣的寫法有何效果？

❶ 突顯他們在棒球界中的地位
❷ 精準還原了退役儀式的實況
❸ 烘托氣氛並牽動讀者的情緒
❹ 加深讀者對棒球運動的了解

延伸思考

如何理解作者在文章最後一段所言：「告別，原來就是滄桑，沒什麼好說的」？

退步的勝利
拔河運動在臺灣

問題一〔擷取訊息〕

(　)下列哪一項不是拔河成為臺灣農業社會常見的聯誼活動的原因？

❶ 活動形式簡單
❷ 容易聚集人氣
❸ 發源地為臺灣
❹ 決勝費時不長

問題二〔統整解釋〕

(　)拔河運動適合在臺灣發展的最主要原因為何？

❶ 運動規則明確
❷ 不受年齡限制
❸ 比賽節奏明快
❹ 嚴格體重分級

問題三〔統整解釋〕

(　　)下列何者是斷臂事件帶來的改變？

❶ 拔河運動協會的成立
❷ 臺灣代表隊走向國際
❸ 拔河運動國際規範化
❹ 參與競賽的隊伍增多

問題四〔省思評鑑〕

(　　)請問哪些小標題下的段落適合以列點的方式呈現，讓讀者更易理解？

❶ 西方拔河的競技視野
❷ 耐力驚人的臺灣團隊
❸ 深富哲理的運動
❹ 臺灣之光——景美聯隊

盧彥勳的孤涼
一窺臺灣運動員的處境

問題一〔擷取訊息〕

(　　) 盧彥勳如何解決出國比賽經費不足的問題？

❶ 在非訓練時間兼職
❷ 於個人官網上募款
❸ 接受其他選手幫助
❹ 尋求其他國家贊助

問題二〔統整解釋〕

(　　) 作者在文中舉出德籍教練的例子，是為了印證哪一項擁有教練的重要性？

❶ 了解選手的特性
❷ 減少選手的傷患
❸ 洽談選手的贊助
❹ 打理選手的賽程

問題三〔統整解釋〕

(　　) 導致盧彥勳的網球生涯一路走來背負著孤涼與寂寞的原因為何？

❶ 背負臺灣之光的壓力
❷ 未能在大賽取得佳績
❸ 缺少家人朋友的支持
❹ 沒有獲得國家的重視

問題四〔省思評鑑〕

(　　) 小明在讀完這篇文章後，想讓文章結構更清晰，請問哪個修改方法有效？

❶ 依段落內容增加小標題
❷ 將文章改用順序法書寫
❸ 列點呈現盧彥勳的困境
❹ 減少文章中提到的例子

延伸思考

1. 你認為運動員有「為國爭光」的責任嗎？為什麼？
2. 你認為作者在最後提到「他的血淚故事，正是無數職業運動員的勇氣縮影」，這句話是什麼意思？

那些印度的冠軍女兒
從運動逆轉勝

問題一〔擷取訊息〕

（　）根據本文，男性運動員施瓦格的言論為何會引起爭議？

❶ 輕視女性運動員實力
❷ 牴觸了印度傳統信仰
❸ 窄化了女性生存價值
❹ 剝奪女性的發展機會

問題二〔統整解釋〕

（　）為什麼文章內容最後要提到波多黎各隊要求美國隊道歉的事件？

❶ 突顯比賽對於某些國家別具意義
❷ 說明在運動場上驕兵必敗的道理
❸ 比較各國參賽選手的運動家風度
❹ 強調世界運動賽事不夠公正客觀

問題三〔統整解釋〕

(　　)為什麼作者會說：「冠軍是印度女孩上場最沉重的激勵與負累？」

❶ 奪冠才能讓印度政府正視體育發展
❷ 即使得到冠軍也無法改善女性地位
❸ 印度女孩至今未在世界運動賽奪冠
❹ 取得成就才有機會改變自己的宿命

問題四〔省思評鑑〕

(　　)本文在段落中間穿插電影《我》片的臺詞，有何效果？

❶ 引用對白總結文章的重點
❷ 化虛為實大幅增加畫面感
❸ 以電影角色呈現多元觀點
❹ 作為連接各段落的轉折點

延伸思考

除了體壇，印度女性在哪些方面也遭受不平等的對待呢？

奧運光環消退
大型運動賽會為何退燒？

問題一〔省思評鑑〕

(　)文章引用奧運申辦城市數的表格的用意為何？

❶ 比較冬奧和夏奧的申辦國家數量
❷ 顯示報名奧運的國家數逐年下降
❸ 暗示未來奧運將由兩個國家合辦
❹ 反映國際辦理奧運意願不如以往

問題二〔統整解釋〕

(　)根據作者觀點，大型運動賽事退燒的原因為何？

❶ 長期經濟效益不如原先預期
❷ 各國對運動賽事的關注下降
❸ 大型賽會密度過高不堪負荷
❹ 擔心各種建設造成環保問題

問題三〔擷取訊息〕

(　　)下列何者是作者認為臺灣不應該再申辦大型賽事的原因？

❶ 兩岸政治問題會更加複雜化
❷ 發展運動文化才是首要之務
❸ 賽事短暫無法實踐運動價值
❹ 臺灣不需要賽事帶來的效益

問題四〔統整解釋〕

(　　)本文可以增加下列哪一項資料，以佐證作者對大型運動賽事的觀點？

❶ 歷屆奧運報名人數的統計表
❷ 各國奧運的預算和實際支出
❸ 報名國際賽事的國家數量表
❹ 各國興建賽館的開銷比較表

延伸思考

除了舉辦大型賽事，還有什麼方法可以提升國人運動參與意識？

體協改革
對臺灣體育有多大幫助？

問題一〔擷取訊息〕

（　）文中引用的研究論文，其研究目的為何？

❶ 探討運動表現和國家發展的相關性
❷ 了解民主國家體育協會改革的動機
❸ 分析不同國家運動賽事成績的表現
❹ 發表立院推動體育協會改革的成效

問題二〔擷取訊息〕

（　）根據本文，影響各國體育發展的主因為何？

❶ 民主政體與建設的基礎
❷ 民主政體與經濟的表現
❸ 獨裁政體與經濟的配合
❹ 獨裁政體與政策的改革

問題三〔統整解釋〕

(　　) 請問體協改革是哪一面向的體現？

❶ 科技化
❷ 民主化
❸ 商業化
❹ 國際化

問題四〔省思評鑑〕

(　　) 下列哪位同學對於本文的寫作手法理解正確？

❶ 雯雯：先於前段點出問題，再於後半提出解方
❷ 恩恩：以主觀的論述，引起讀者對主題的同理
❸ 萊萊：提供文獻資料，作為作者寫文章的基礎
❹ 安安：提出相關的爭議，引發讀者思考及討論

延伸思考

1. 國家如何決定它要投入發展哪一種運動類別？
2. 除了體育制度的改革，還有什麼方式能夠幫助一國的體育發展？

體育改革的抉擇
更多國家控制？更多社會支持？

問題一〔擷取訊息〕

（　）根據本文，運動發展的目的應為何？

❶ 馴化國民
❷ 培養專長
❸ 生命實踐
❹ 為國爭光

問題二〔統整解釋〕

（　）下列何者為作者所主張「金字塔」的最底層？

❶ 奧運選手
❷ 體育校隊
❸ 職業選手
❹ 全民運動

問題三〔統整解釋〕

(　　)根據本文，臺灣的運動發展並無面臨什麼問題？

❶ 體育即教育，而非自主發展
❷ 體育即政治，是政府的責任
❸ 體育即國力，著重國家控制
❹ 體育即文化，社會支持為重

問題四〔省思評鑑〕

(　　)下列哪一種運動賽事符合作者所期待的體育發展類型？

❶ 奧林匹克運動會
❷ 中華職棒大聯盟
❸ 運動品牌聯名路跑
❹ 企業贊助鐵人三項

延伸思考

除了政府的介入或干預，還有什麼因素會影響各個運動類別的發展？

投打雙全二刀流的養成之路

大谷翔平

問題一 解答≫

正確且完整：正確答出「投打俱優」
不正確：答案不合理或與問題無關

文章第一段提到，大谷翔平是繼貝比・魯斯之後，首見投打俱優的「二刀流」選手，因此「二刀流」指的是他投打俱優。

問題二 解答 ❶

根據文章第三段、第五段、第十六段內容，可見大谷走上「二刀流」的主因為「從小父母刻意的要求與培訓」。

問題三 解答 ❹

根據文章第十四段，火腿鬥士隊為了說服大谷，做了幾件事情，而「特定出場打擊順序」不是火腿鬥士隊的承諾。

問題四 解答 ❷

每一個次級目標周圍的八個方塊代表著達成這些次級目標的做法，若以刺激目標方塊為中心，將每一個 3×3 方塊的外框線條加粗，可以有利於讀者辨識達成不同次級目標的方法。

臺灣首位世界球后是怎麼練成的？

戴資穎

問題一 解答 ❶

哲斌大叔的運動頻道補充「她率直敢言、不怕衝撞體制」，也曾經「為隊友發聲，批評國家運動訓練中心的羽球練習場地嚴重不足」，不喜歡成為眾人焦點的她，仍為不平之事發聲，可見其勇氣，因此正解應為選項（1）。

問題二　解答 ❹

文章提到「臺灣羽壇少有選手專屬的教練羽陪練員」、「國家運動訓練中心的羽球練習場地嚴重不足」，由此可知我國的培訓並非十分完備，因此「國家的培訓計畫」並非戴資穎獲得好表現的關鍵。

問題三　解答»

正確且完整：正確答出「《國民體育法》的條文修訂」

根據「哲斌大叔的運動頻道」，得知戴資穎與羽協的風波是促成《國民體育法》條文修訂的原因之一。

問題四　解答 ❸

文章多處提及嚴苛的訓練以及她對自己的高要求，由此可知，作者認為戴資穎的成就並非光靠天賦，稱其為「天才少女」反而會忽略了她多年來的努力。

反方向的全壘打　彭政閔

問題一　解答 ❶

文章的第一部分描繪數次彭政閔在比賽中的關鍵表現，為球隊帶來重要貢獻。當時的他雖未成為眾人焦點，但卻是球隊中的靈魂角色，因此這部分的小標題應為「棒球場上的關鍵人物」。

問題二　解答 ❷

在「失落之夢，初昇之星」段落中，作者提到了彭政閔在古巴世界青棒錦標賽前夕因受傷高掛免戰牌。而文中也提到，缺席世界青棒錦標賽也影響了彭政閔日後的職業生涯，更無望登上美國職棒大聯盟。由此可知彭政閔「失落之夢」的原因為「在國際球賽前夕因故受傷」。

問題三　解答 ❸

本文提到彭政閔國小、國中階段剛開始接觸棒球時，面對球技無法開竅、身體條件不足等問題，使得他的棒球路不順。而他之所以能度過難關，靠的是他「那股不服輸的硬脾氣」，不斷找教練指導、苦練。

問題四　解答 ❸

本文作者在提到彭政閔的人物特質時，都會舉出實際的例證加以說明。文中沒有使用譬喻來形容人物的成就，也並未引用專家證言。而敘事的時序上，本文先提到了彭政閔成年後的數場經典賽事表現，再倒回去從他小時候開始敘述其成長歷程，並非完全的順敘。

奧運舉重銅牌：人生不只是贏得比賽

郭婞淳

問題一　解答 ❷

第一、二段描述郭婞淳幫助他人的善心義舉。在訪談中她也談到，即使家境不富裕，但做好事的心情很愉快，而且自己未來還能繼續透過比賽獲得獎金。

問題二　解答 ❹

根據文章第四段：「取名『婞淳』，其實隱含母親『一生豐衣足食、幸福享受』的期許」。故答案為選項（4）。

問題三　解答 ❷

文章第六段提到，郭婞淳一開始選擇的運動項目是接力賽，但因掉棒而未獲佳績。沒有準備的舉重項目反而一舉贏得金牌，因此她才決定成為舉重選手。

問題四　解答 ❸

文章沒說明米田堡血型者會有較佳的呼吸代謝和耐力。故答案為選項（3）。

我的信仰是大自然

陳彥博

問題一　解答 ❸

根據本文敘述，陳彥博原來是國立大學的馬拉松選手，在大三時看到能與林義傑一起跑步的「穿越極光冒險計畫」後投身極地馬拉松。

問題二　**解答 ❷**

根據本文敘述，2008 年磁北極大挑戰；2010 年喜馬拉雅山 165 公里 5 天分站超馬賽；2011 年 4 月北極點馬拉松；2011 年 12 月又去南極比賽。

問題三　**解答 ❷**

文中敘述了許多陳彥博參賽時的艱苦，以及克服困難後取得成功的事蹟。並未強調開始的重要、正確的方向和團隊合作。故正確答案為（2）。

問題四　**解答 ❹**

從陳彥博目睹海豹被殺時的負面反應，推知「捕撈黑鮪魚」較不符合其心性。

打進奧運姊妹檔：看臉就能讀心

詹詠然、詹皓晴

問題一　**解答 ❶、❷、❺**

文中提及 921 大地震，讓詹家成為受災戶，只好搬家到運動資源較多的臺北，自那之後，詹詠然也一肩扛起家裡的責任；她 17 歲時正要打進澳洲公開賽，卻進入生病、復出的循環中，使她逐漸變為他人訕笑的對象。

問題二　**解答 ❷**

詹皓晴從前被稱為「詹詠然的妹妹」，直到 2013 年的中國公開賽，與名將琥珀搭檔，打敗前球后大小威廉絲，從此便在媒體上有了自己的名字。

問題三　**解答 ❶**

雙詹合作的前期遇到許多問題，默契不足、戰術無法發揮。後來重新審視合作時的心態，謙卑面對自己的弱點，接受對方建議，即贏得一週後的關鍵勝利。

問題四　**解答 ❸**

文中穿插著許多對話，包括雙詹自己訴說打網球的故事、好友蘇麗文給詹詠然的鼓勵、生活導師以及藝人好友對雙詹的評價等，作者以不同人的觀點，讓兩人的網球故事更加豐富，也讓讀者從不同的面向認識這兩位網球好手。

初訪舊金山女子半程馬拉松

歐陽靖

問題一　解答 ❷、❸、❹

在「對跑者友善的城市」一段中，作者提及舊金山對跑者的「友善程度」有：路面的平整、空氣乾淨、氣候涼爽而宜人、當地居民們幾乎都有運動習慣。故答案為選項（2）（3）（4）。

問題二　解答 ❸

根據作者分享城市路跑經驗，推測得知經濟水平較高的城市，較有機會發展全民路跑活動，路跑相關的商機也較高，故答案為選項（3）。

問題三　解答 ❷

作者提及自己在東京路跑時，曾觀察到跑者往往全身穿著同一個運動品牌的裝備，故答案為選項（2）。

問題四　解答 ❹

本文自「長跑：超越生理的意義」一段後，作者抒發了自己在參加馬拉松前後的生理與心理轉變，進而闡述了路跑對於自己的意義，故可知本題正解為（4）。

谷底要翻身，學習沿途的教訓

林書豪

問題一　解答 ❸

根據文章開頭指出，2015 年林書豪所屬的洛杉磯湖人隊表現創下近五十四年來最差紀錄，無緣進入季後賽。故答案為選項（3）。

問題二　解答 ❹

根據「面對瞬間兩極的評價」段落，NBA「是鑄造英雄雕像的殿堂，卻也是殘酷舞臺，勝負幾秒內翻盤，對球員的評價也可能瞬間兩極。」在「林來瘋」橫掃全球之後，林書豪被交易至洛杉磯湖人隊，時好時壞的表現，讓許多人嘲諷他不過是曇花一現，以往的勝利只是運氣。

問題三　**解答 ❶、❷、❹、❺**

根據文章內容，只有「家人不支持他當職業籃球員」並非林書豪遇到的挫折。

問題四　**解答 ❸**

文中多次提到林書豪透過部落格分享近況、抒發心情，但未提到他以瀏覽部落格留言的方式獲得勇氣與鼓勵。

輸球也是人生的過程之一

金華國中籃球隊

問題一　**解答 ❷**

雖然文章曾提及實際戰術演練，但主要集中在訓練球員們的戰術執行力，並沒有特別說明對團隊默契的培養，因此選項（2）為正確答案。

問題二　**解答 ❹**

從文章第十二段：「見證旅美好手吳永盛一路上的成長，劉芃顥認為其極高的自我要求扮演了關鍵的角色」，可以得知，體能教練劉芃顥曾強調吳永盛的成功在於他對自己的要求，因此答案為選項（4）。

問題三　**解答 ❸**

根據文章末段吳正杰的發言：「比起短暫的現在，我們更在乎長遠的未來。」選項（3）便是在說明金華國中籃球隊的訓練兼顧球員們品行和學業，讓球員們發展第二專長，在未來有成為球員以外的道路，謀求更多的可能性。

問題四　**解答 ❹**

文章開頭即提到：「近年來，在臺灣籃壇，國中畢業後赴美追逐籃球夢蔚為風潮。」可見不僅金華國中籃球隊，許多學校都鼓勵球員到美國追逐籃球夢，因此選項（4）為正確答案。

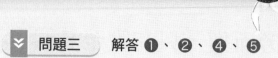

成功沒有不勞而獲，只有實至名歸

陽岱鋼

問題一　解答 ❷

文中並沒有提到教練的差別待遇，故應選（2）。

問題二　解答 ❶

根據第十三段，K鬥士的稱號來自於陽岱鋼進入職棒初期誇張的被三振率，因為知道自己能力不足，陽岱鋼選擇加倍努力，數年後終於成為聯盟中投手最怕遇到的打者之一，當初的屈辱反而成為進步的動力，成為別具意義的一個稱號，故應選（1）。

問題三　解答 ❸

本文多次描述陽岱鋼經歷辛勞的異國打拼與工作瓶頸後仍不放棄的精神，並且在成名之後依舊謙遜，可得知作者側重並且讚許的面向應為其態度。

問題四　解答 ❶

根據倒數第 2 段：「棒球是失敗的運動，因為再好的打者，上場十次也只有三、四次可以擊出安打」，此處的失敗意指選手上場能安打的機率很低。

永不放棄的過動奧運金牌

費爾普斯

問題一

正確且完整：正確答出以下四項中其中兩項相關答案

調整生活作息／尋求醫療資源／培養興趣專長／提供心理支援

在「用創意　引導他投入喜歡的事」段落中提到，費爾普斯的母親黛比積極尋求醫療協助，以幫助他上課時專心；他在尋求專家建議後，也為費爾普斯量身打造一套生活作息；他觀察到費爾普斯喜歡運動後，就在課外時間帶費爾普斯嘗試各項運動，培養他的興趣與專長。在第八段則提到，當費爾普斯決定停藥時，黛比選擇支持他的決定，與兒子站在一起面對 ADHD，提供心理支持。

問題二　解答 ❸

文章第七段提到費爾普斯為了參加游泳比賽可以乖乖坐著等四小時，展現驚人的專注力；第十段則提到，由於緊湊的訓練表與比賽，讓費爾普斯逐漸展現自律能力，為了能進行游泳訓練，他必須用相對短的時間完成作業，使他做事更有效率。因此答案為選項（3）。

問題三　解答 ❶

根據本文，費爾普斯在被診斷出患有 ADHD 後，媽媽沒有放棄他，而是努力找尋不同的方法來幫助他克服 ADHD，並支持他去游泳；兩位姊姊也和媽媽一起建立費爾普斯的作息表，為他的飲食把關，從生理和心裡給他充分關照與支持，因此答案為選項（1）。

問題四　解答 » 請參考如下。

費爾普斯的核心習慣舉例如下：有效率的完成課業，以換取更多訓練時間、每週固定做大量的游泳訓練、觀看訓練影片，這些習慣都是有助於游泳訓練的小優勢，在每日中履行習慣，累積優勢成為比賽獲勝的基礎。

我們可以在「對抗 ADHD 全家齊心協力」段落中找到與題幹「小贏」概念相似的例子。費爾普斯擁有強大的運動細胞，而投入游泳，發揮天賦就是他的小優勢。他從 14 歲開始就每週固定做游泳訓練約 70 公里，平時也利用泳訓空檔觀看自己的訓練錄影帶，研究如何游得更快。費爾普斯將增加練習時間、未間斷的訓練以及觀看錄影等有助於游泳訓練的小優勢，化為每日履行的核心習慣，並成為在比賽中優勝的基礎。

選秀狀元、更生人、終結者的三合一人生

麥特．布希

問題一　解答 ❶

根據文章開頭可以推知作者認為麥特．布希剛成名就被金錢與名氣沖昏頭，加上意志不夠堅強，抵擋不了酒精的誘惑而屢次誤入歧途。

問題二　解答 »

<u>正確且完整：正確答出與「2011 年的酒駕」相關答案</u>

根據本文，2011 年本是麥特．布希最靠近大聯盟的一年，不料他因酒駕肇事再度入獄。這次的錯誤讓他失去了一切，卻也讓他終於下定決心對抗酒癮。

問題三　解答 ❸

作者在倒數第五段提到：「他的故事，很難說是『快樂結局』，因為沒人知道，他是否會再度軟弱」，由此可知作者認為儘管麥特．布希再次擁有重新開始人生的機會，但他是否真的能持續堅定心志，仍然需要經過時間的考驗。

問題四　解答 ❷

作者首先在第一段描述一位在棒球上擁有過人才華的少年，再於第二段呈現出一位前科累累的酒駕肇事者，最後才在第三段點出這兩個南轅北轍的形象皆為麥特．布希，如此的寫作手法能為文章帶來令人印象深刻的衝突感。

越運動越有競爭力　開心體育課

問題一　解答»

（上到下）血清素、正腎上腺素、多巴胺

本文第八段引述哈佛大學醫學院臨床助理教授的著作內容：「血清素能協助控管腦部活動，對情緒、衝動行為都具關鍵影響；正腎上腺素則有增強注意力、動機及警覺心的作用；多巴胺更會讓人產生心情愉悅的正向情緒。」

問題二　解答 ❹

「乏善可陳的體育課」段落提到臺灣學童缺乏運動習慣、中小學體育課時數偏少、內容單調等問題，而「只玩虛擬運動的宅小孩」段落中則提到孩子們因忙於念書、上補習班或才藝課而沒有時間運動。文中並無提及臺灣體育有「學校缺乏適合運動場地」的問題，故答案為選項（4）。

問題三　解答 ❸

選項（3）與本文體育課系統化的建議有所衝突，因此較不可能是優化體育課內容的配套措施。

問題四　解答 ❷

本文作者在介紹「零時體育計畫」提到該計畫源自美國，並在美國引起許多學校效仿，獲得成功。而作者隨後提到臺中大甲國小開始實施此計畫時也招致家長、老師的疑慮，但卻獲得一定的成效，顯示此計畫從外國移植入臺灣後也有了成功的案例。由此推斷作者舉出臺中大甲國小的例子，是為了「提供本土實例」，藉以論證此計畫在臺灣的適用性與可行性。

聽 APP 的話打球　臺大男籃靠科學翻身

問題一　解答 ❷

根據「原來，這群會讀書的學生」段落，可以看到臺大男籃翻身的關鍵在於他們開發出專屬的數據分析 APP。

問題二　解答 ❸

根據本文，群眾外包主要協助基礎的數據紀錄、影片標註等工作，機器學習則是能辨識球員的戰術、協助影片剪輯工作，更進階的戰術分析報告仍由原有的數據分析團隊負責，因此選項（3）後半的分工配對有誤，應由數據分析團隊負責。

問題三　解答 ❷

根據臺大男籃運用數位化 APP 取得佳績的故事，以及「數據籃球的運用」段落最末提及：「大數據與科學化分析是臺灣籃球運動可發展的方向」，可推知將運動結合科技是臺灣籃球運動未來的發展方向。

問題四　解答 ❹

本文提及，數據組在賽前會將對手慣用的戰術剪輯成影片，讓教練根據影片擬定戰術與訓練，也讓球員能迅速熟悉對方的球風，這種作法即屬於科學化訓練中的「情報蒐集」。

意想不到的賺錢產業　跆拳道與國技院

問題一　解答 ❸

根據文章得知，國技院品段認證費用高昂的原因是為了避免道館之間削價競爭，單靠這項訊息無法顯示跆拳道在美國十分盛行，因此選項（3）為正解。

問題二　解答 ❶

根據文章第五段，得知選手在奧運中奪得金牌是引起熱潮的原因。

問題三　解答 ❷

作者提到國技院「不需要無塵室、不需要工程師埋首研發、不需要炫麗的曲型螢幕，卻能讓幾百萬人自願揮汗如雨，再把荷包打開，獻上豐厚的報酬」，可見跆拳道背後巨大的商機與高科技無關，顛覆過去我們以為高科技產業才能帶來經濟效益的想法，因此正解應為選項（2）。

問題四　解答 ❹

根據文章第八段指出跆拳道館需經國技院核發品段證書，而道館的考試內容與價格也受到國技院規範，這樣的經營模式有如品牌授予加盟店使用其店號、商標，同時提供經營及銷售相關的協助，因此正解應為選項（4）。

告別就是滄桑　棒球場上的告別

問題一　解答 ❶

根據第五段，賈里格自己解釋幸運的原因來自於工作夥伴及家人的支持，使他能夠開展出精采的球員生涯，故應選（1）。

問題二　解答 ❹

根據第十二至十四段，清原在 1997 年轉入巨人隊後，打擊表現每下愈況，到了 2006 年因不願成為球隊包袱選擇退休；根據第十九至二十段，桑田將近四十歲的高齡時，選擇到美國小聯盟發展，成績卻不理想，從而認知已經到了該退休的時刻。兩人同樣是因為年紀影響到球技表現，最後選擇退役，故應選（4）。

問題三　解答 ❶

本文在結構上以盧．賈里格、清原和博與桑田真澄三位球員的故事為主軸，三

段故事中分別都先介紹了他們球員生涯中重要事蹟，以及決定退休的契機，並將重點放在結尾對於他們退役時刻的描寫，故答案應選（1）。

問題四　解答 ❸

本文採用示現的手法，強化對於退役場面的描繪，將球員的情緒以極具畫面感的方式呈現，使讀者有如身歷其境，更能夠感受到當中的情緒與氛圍，故應選（3）。

退步的勝利　拔河運動在臺灣

問題一　解答 ❸

根據「歷史悠久的拔河運動」段落，拔河由早期中國移民傳入臺灣，因為具有形式簡單、易聚集人氣、短時間即能決定勝負等特質，而成為臺灣農業社會最常舉行的聯誼活動。

問題二　解答 ❹

根據「斷臂事件化危機為契機」段落，選項（1）、（2）、（3）、（4）皆為拔河運動的特質。其中臺灣選手雖先天體型不如西方人，不過拔河比賽有嚴格的體重分級，以確保比賽的公正性，因此適合在臺灣的發展。

問題三　解答 ❸

根據本文，拔河的繩索必須承受強勁的力道，因此國際賽對繩子的材質、口徑、長度皆有嚴格規定。而 1997 年發生斷臂事件的原因，來自當時臺灣對拔河這項運動欠缺安全概念，教育部因此開始推廣讓拔河運動符合國際規範。

問題四　解答 ❶

在「西方拔河的競技視野」段落中，主要說明拔河運動在不同國家的歷史沿革以及賽制演變。該段落適合按照時序發展，以列點的方式整理內容。

盧彥勳的孤涼　一窺臺灣運動員的處境

問題一　解答 ❷

根據文本，盧彥勳因為缺乏國家的贊助，必須在自己的個人官網上舉辦小額募捐，並向紐約臺灣僑界舉辦「便當募款餐會」以募款。故答案選（2）。

問題二　解答 ❶

根據文本，「後來遇到德籍教練霍多夫後，霍多夫從盧彥勳的拋球、擊球位置和擊球節奏進行調整」，其他事項雖然教練也可以協助，但在文中並沒有指出這方面的功能。

問題三　解答 ❹

盧彥勳在網球路上浮沉的主要原因是資源的缺乏，相對於其他國家的選手，政府給予盧彥勳的支持相對較少。

問題四　解答 ❶

本文的篇幅較長，讀者在閱讀時容易迷失在茫茫的文字之中，若能依據段落安排小標題作為收斂，能更清晰的理解文本的意義。本題需注意題幹的要求——「想讓文章結構更清晰」，因此添加小標題是最好的做法，其他方法雖能讓局部的目的較清楚，但都未能回應到「結構」。

那些印度的冠軍女兒　從運動逆轉勝

問題一　解答 ❸

根據「讓印度光采的女兒們」段落，施瓦格的言論會引起爭議，是因為他透露女性生存的價值在為國爭光、運動表現等成就之上，而不是以身而為人的基本權利出發。因此，引起爭議的原因在於他「窄化了女性生存價值」。

問題二　解答 ❶

文中提及波多黎各打入 WBC 決賽之後，全國人民和隊員一起染金髮、看球賽轉播，就連犯罪率也降低，還事先舉辦了封王遊行、印製冠軍 T 恤。從這些行為可看出波多黎各人不僅非常重視這次比賽，也流露獲得冠軍的渴望。然而對作為棒球大國的美國來說，贏得一次經典賽的意義相較之下沒有那麼重大。從波多黎各隊要求美國隊道歉的事件，可以看出兩國對於比賽有不同的看法和意義。

問題三　解答 ❹

文中敘述印度社會對女性的壓迫根深蒂固，女孩們需要在比賽場上以得到高分「五分」、「冠軍」的優異表現才足以逆轉處境，表示女孩們背負著沈重的負擔，因為他們必須要努力得到卓越的成就才能有改變宿命的機會。

問題四　解答 ❶

文章中出現《我》片的臺詞，例如：「以後，不是男人來選擇女兒，我們的女兒可以去選擇她要嫁的男人。」說明印度女性難以擁有婚姻自主權；「銀牌，會獲得矚目，但很快大家就忘了；冠軍，冠軍會完全翻天覆地。」主要是在說明印度女孩需要在賽場上獲得優異表現，才足以逆轉處境，這也表示女孩們背負著沈重的負擔。綜合上述可知，段落中穿插電影臺詞，是為了達到「引用對白總結文章重點」的效果。

奧運光環消退　大型運動賽會為何退燒？

問題一　解答 ❹

根據文本，表格的前文在說明奧運「不再是各國爭著服用的政治、經濟、觀光、運動的萬靈丹」，而後文則是藉由表格指出冬季奧運連續兩屆在亞洲舉辦以及夏奧一次宣佈兩屆舉辦城市，打破過往的默契和傳統，以證明「奧運已經乏人問津」的觀點，因此答案為選項（4）。

問題二　解答 ❶

根據內文，除去少數例子以外，大部分國家未能從大型運動賽事中獲取預想的經濟效益。同時，建造場地來舉辦大型比賽，往往變成蚊子館，反而要花費高額資金進行維護。

問題三　解答 ❷

根據文本第十七段可以得知，作者認為比起將資源投資在舉辦短期的大型運動賽事，不如將同樣的資源用以推動臺灣的運動發展，因此答案為選項（2）。

問題四 解答 ❷

選項（2）可顯示舉辦大型運動賽事所需要花費的高額支出，能夠佐證作者認為大型運動賽事會花費高額預算的看法，因此為正確答案。

體協改革 對臺灣體育有多大幫助？

問題一 解答 ❶

本文所引用的論文，主要以足球表現來探討國家發展的數個面向與國家體育發展的關係，國家發展包括經濟發展、民主化程度、貧富不均的程度、政府角色的大小、足球發展歷史長短等。故答案為選項（1）。

問題二 解答 ❷

根據本文第二段，作者表示一國的政治制度與體育表現息息相關，體育賽事的表現需要「高度經濟發展」與「民主體制」相互搭配，並以足球為例，說明富裕又是民主體制的國家，其實力越強。

問題三 解答 ❷

若想要進行體育協會的改革，則需要民主化的環境來修法，讓體育發展有更多討論空間，包括促進體育協會透明化，減少舞弊、賽事不公平判決等有害賽事形象的事件發生，且民主國家傾向於投資更多資源在足球、棒球等大眾運動項目，發展貼近大眾生活的體育賽事。

問題四 解答 ❸

本文作者想要探討經濟及民主程度兩個因素對體育發展的影響，因此引用了一篇論文來佐證他的論點，強調有民主化的社會，才能促進體育協會改革，讓一國的體育表現更進步。

體育改革的抉擇 更多國家控制？更多社會支持？

問題一　解答 ❸

作者以德國手球為例，說明大部分選手就算沒有在運動賽事上有非常好的表現，仍有充分的運動人口參與運動，因為運動的目的是生命實踐的一部分。

問題二　解答 ❹

本文第四段表示投入運動的人口眾多，才能建立起健康的金字塔型，這些充分的運動人口能夠支持上層少數的運動菁英，故金字塔最底層應為全民參與運動。

問題三　解答 ❹

作者於文中主張「體育即文化」，運動應屬於文化生活的一部分，必須要普及，而不是只追求運動菁英，因此有大量的人口支持各項運動，國家才能擁有更穩定、更健康的運動發展。

問題四　解答 ❷

作者希望運動的發展有厚實的社會支持基礎，而非一次性的支持例如冠名贊助。運動發展更需要長期穩定的支持，而臺灣的棒球屬於健康的「金字塔型」，不僅一般人會在學校課程中接觸棒球，許多學校也有棒球校隊，最後自然形成中華職棒大聯盟，並有一定的觀眾，且民間企業也會長期資助各個職棒隊伍。

題目設計｜品學堂
責任編輯｜張玉蓉　特約編輯｜高凌華　美術設計｜丘山　行銷企劃｜葉怡伶

天下雜誌群創辦人｜殷允芃　董事長兼執行長｜何琦瑜
媒體暨產品事業群
總經理｜游玉雪　副總經理｜林彥傑　總編輯｜林欣靜
行銷總監｜林育菁　副總監｜李幼婷　版權主任｜何晨瑋、黃微真
出版者｜親子天下股份有限公司　地址｜臺北市 104 建國北路一段 96 號 4 樓
電話｜（02）2509-2800　傳真｜（02）2509-2462　網址｜www.parenting.com.tw
讀者服務專線｜（02）2662-0332　週一～週五 09:00~17:30
讀者服務傳真｜（02）2662-6048　客服信箱｜parenting@cw.com.tw
法律顧問｜台英國際商務法律事務所・羅明通律師
製版印刷｜中原造像股份有限公司
總經銷｜大和圖書有限公司　電話（02）8990-2588
出版日期｜2020 年 7 月第一版第一次印行
2024 年 8 月第一版第十次印行

定價｜120 元　書號｜BKKCI017P
訂購服務
親子天下 Shopping｜shopping.parenting.com.tw
海外・大量訂購｜parenting@cw.com.tw
書香花園｜臺北市建國北路二段6巷11號　電話（02）2506-1635
劃撥帳號｜50331356 親子天下股份有限公司

優質文本 X 深度理解

從閱讀梳理思路，培養解決問題的學習力

《閱讀素養題本》每道提問均有清楚具體的評量目標，分為「擷取訊息」、「統整解釋」、「省思評鑑」，配合詳解，能幫助讀者辨識文本重要結構，充分了解文章意涵與背後假設，並結合自身經驗提出個人觀點。期待讀者透過題目的引導，更進一步的理解選文，有效提升閱讀素養與思考探究，從而獲得面對生活各種問題的關鍵能力！

題目設計團隊 **品學堂**

2013 年，品學堂《閱讀理解》學習誌創刊，全力投入閱讀評量與文本的研發；以國際閱讀教育趨勢與 PISA 閱讀素養為規範，團隊設計的每一篇文本與評量組合，即為一次完整的閱讀素養學習。為孩子與教學者，提供跨領域閱讀素養教學教材及線上、線下整合的學習評量系統。

為推動全面性的閱讀素養教育，品學堂也走向教學現場，與各級學校和教育主管單位合作，持續為教師提供閱讀教育增能研習，同時為學生開辦營隊。期望讓我們的下一代能閱讀生活、理解世界、創造未來。

親子天下 Education · Parenting Family Lifestyle
BKKCI017P NT$120
00120
4717211027806